DONA CASMURRA E SEU TIGRÃO

IVAN JAF

Dona Casmurra e Seu Tigrão
© Ivan Jaf, 2005

Editora-chefe	Claudia Morales
Editor	Fabricio Waltrick
Editor assistente	Fabio Weintraub
Preparador	Agnaldo Holanda
Seção "Outros olhares"	Edu Teruki Otsuka
Coordenadora de revisão	Ivany Picasso Batista
Revisora	Alessandra Miranda de Sá
Estagiária	Fabiane Zorn

ARTE
Diagramadora	Thatiana Kalaes
Editoração eletrônica	Estúdio O.L.M.
Pesquisa iconográfica	Sílvio Kligin Campos (coord.)
	Caio Mazzilli
Ilustrações	Rogério Soud
Ilustração de Machado de Assis	Samuel Casal
Estagiária	Mayara Enohata

CIP-BRASIL. CATALOGAÇÃO NA FONTE
SINDICATO NACIONAL DOS EDITORES DE LIVROS, RJ

J22d
2.ed.

Jaf, Ivan, 1957-
  Dona Casmurra e seu Tigrão / Ivan Jaf. - 2.ed. - São Paulo : Ática, 2008.

  Contém suplemento de leitura
  ISBN 978-85-08-12039-0

  1. Imagem corporal em adolescentes - Literatura infantojuvenil. 2. Ciúme - Literatura infantojuvenil. 2. Homofobia - Literatura infantojuvenil. I. Assis, Machado de, 1839-1908. Dom Casmurro. II. Título. III. Série.

05-1760
                              CDD: 028.5
                              CDU: 087.5

ISBN 978 85 08 12039-0 (aluno)
ISBN 978 85 08 12040-6 (professor)

2023
2ª edição
10ª impressão
Impressão e acabamento: Edições Loyola

Todos os direitos reservados pela Editora Ática, 2005
Av. Otaviano Alves de Lima, 4400 - CEP 02909-900 - São Paulo, SP
Atendimento ao cliente: 4003-3061 - atendimento@atica.com.br
www.atica.com.br - www.atica.com.br/educacional

IMPORTANTE: Ao comprar um livro, você remunera e reconhece o trabalho do autor e o de muitos outros profissionais envolvidos na produção editorial e na comercialização das obras: editores, revisores, diagramadores, ilustradores, gráficos, divulgadores, distribuidores, livreiros, entre outros. Ajude-nos a combater a cópia ilegal! Ela gera desemprego, prejudica a difusão da cultura e encarece os livros que você compra.

NA ESCUREZA DOS CORAÇÕES

Uma das razões pelas quais o texto literário é fonte de prazer para quem lê decorre de sua capacidade de organizar a nossa experiência afetiva. Não apenas nos identificamos com as personagens da história, mas também apreendemos a gênese de suas motivações (a dinâmica de seus gestos e atitudes) graças às astúcias de linguagem empregadas pelo autor.

Assim é com o ciúme, sentimento desde há muito explorado pelos escritores. É ele que impele Barrão, o protagonista da história que você vai ler. Por ciúme, o jovem "sarado", lutador de jiu-jítsu, vai topar com *Dom Casmurro*, de Machado de Assis, célebre romance dedicado ao retrato dessa dolorosa obsessão. No desassossego de Bentinho em relação a Capitu, personagens machadianos, Barrão vai encontrar um espelho para as próprias inquietações.

Isso depois de ter seguido a namorada, Pâmela, e de agredir um homem com quem Barrão imagina que ela o está traindo — o que o envolve numa confusão sem tamanho, com direito a passagem pela delegacia e abertura de inquérito policial. Para piorar tudo, ele vai mal na escola, sob risco de ser reprovado e perder o ano. Sua única chance é estudar feito um louco e tentar recuperar a confiança das pessoas que ofendeu e decepcionou.

A leitura de *Dom Casmurro* vem então a calhar. Por meio dela, Barrão não só passa a compreender melhor o que se passa dentro dele como ainda estuda para a prova, pois o livro era leitura obrigatória para sua turma naquele semestre.

Para enfrentar tal desafio, ele contará com a ajuda de Lu, garota ranzinza e meio estranha, que não arreda pé de uma discussão, defendendo seus pontos de vista com argumentos e dentes. Do encontro entre os dois, temperamentos completamente opostos, vai sair muita faísca.

Juntos, eles vão se aventurar pelos meandros de *Dom Casmurro*, ao mesmo tempo que se dão conta de como, no romance de Machado, o ciúme de Bentinho é fortemente determinado pela distância social existente entre ele e Capitu.

Assim, a lição aqui aprendida dá testemunho do jogo entre o caráter atemporal desse sentimento e seus condicionantes históricos — o que nem sempre é perceptível na escureza dos corações.

O editor

Os trechos de *Dom Casmurro* que constam em *Dona Casmurra e seu Tigrão* foram retirados da edição publicada pela Ática na série Bom Livro (39ª edição, 8ª impressão).

SUMÁRIO

1	A volta ao período cretáceo	11
2	Tambor ciumento	15
3	A fera	23
4	Musculação cerebral	28
5	Machado, um cara legal	32
6	A promessa	37
7	Capitolina	43
8	Os cumprimentos	48
9	O imperador bate à porta	51
10	Ondas fortes	58
11	Flautas amargas	64
12	A luta do século	71
13	Mãe santa	80
14	Enganando Deus	87
15	Solução	93
16	O pacto	98

17 Feridas abertas 103

18 Coisas horríveis de se fazer....................................... 109

19 Remédio de cavalo faz mal pra burro 116

20 Quatro olhos na noite 124

21 Não se pode jogar o defunto fora............................. 131

22 Separação de feridas 139

23 Machado matador 143

24 Segundas intenções... 146

25 Existe alguém mais feio do que eu? 152

26 De cabeça para baixo.. 157

27 Epílogo.. 159

Outros olhares 163

(...) tentei o esboço de uma situação e o contraste de dois caracteres; com esses simples elementos busquei o interesse do livro.
Machado de Assis

• 1 •
A volta ao período cretáceo

O ciúme é um inferno, e o inferno começou para Barrão numa segunda-feira. Ele havia saído muito tarde de uma festa no domingo, e estava no banheiro do colégio, tentando se recuperar da ressaca, quando dois colegas entraram e, sem saber que ele ouvia, falaram sobre Pâmela.

Pâmela era a namorada de Barrão.

E o que eles disseram foi apenas:

— Cara, e a Pâmela, hein?

— Tremenda Capitu.

— Pode crer.

E riram.

Barrão olhou pela fresta da porta. Eram o Cláudio e o Pipa.

Daí em diante ele não teve outro objetivo na vida a não ser descobrir que diabo queria dizer "capitu".

Barrão tinha dezessete anos, e media 1,85 m. Usava a cabeça raspada. Suas orelhas tinham formato de couve-flor, com bolhas nascendo dentro de bolhas, secando e endurecendo, de tanto rasparem no tatame, nas aulas de jiu-jítsu.

Ele lutava desde os doze anos, todos os dias, todas as tardes, de segunda a sábado. Seus braços e pernas eram muito grossos e rijos, de tanto serem exercitados com pesos. Seu tronco formava uma massa compacta de músculos salientes, sempre inflados, como aqueles bonecos cheios de ar nos postos de gasolina. Os ombros largos demais e a cintura fina tornavam seus braços desproporcionais, muito curtos em relação ao tronco. Barrão parecia um tiranossauro. Mas ninguém tinha coragem de dizer isso a ele.

Seu primeiro impulso, ainda sentado no vaso sanitário, foi segurar os dois pelo pescoço, encostá-los na parede, perguntar o que era "capitu", por que sua namorada era uma "tremenda capitu", que negócio era aquele, e ir apertando, firme, pra ver qual dos dois franguinhos desmaiava primeiro. Mas, quando saiu do banheiro, havia mudado de ideia.

Talvez "capitu" fosse uma gíria conhecida, uma palavra que só os mais descolados usavam, e ele não queria dar uma de mané, esganando dois palhaços no corredor do colégio para descobrir algo que já devia conhecer se fosse malandro. Melhor saber primeiro o que "capitu" queria dizer.

Foi obrigado a continuar pensando.

"Capitu" podia ser uma forma de dizer "captou?", no sentido de "entendeu?".

— E aí, *brother*? Capitu?

Mas por que Pâmela seria uma "tremenda entendeu?"? Não fazia sentido. A não ser que tivesse uma pausa no meio, umas reticências: "uma tremenda... entendeu?". Então faltava uma palavra! Uma palavra tão safada que eles nem falavam! O bicho ia pegar!

Não. Devia ser outra coisa. Forçou a cabeça, atrás de palavras parecidas com "capitu". Lembrou do professor de português, tirando pontos na prova de quem não sabia que "capitular" era, entre outras coisas, aquela letra maiúscula, grandona, no começo dos capítulos dos livros. Capitu podia ser uma abreviatura de capitular.

— Cara, e a Pâmela, hein?

— Tremenda maiúscula.

É. Podia ser. Pâmela era um mulherão mesmo. Tudo nela era grande. Uma tremenda maiúscula. Certo. Já podia ir lá esganar os dois. Eles não tinham nada que ficar falando dela.

Foi até o bar da escola atrás deles. Não havia ninguém. Olhou o relógio. Acabara de perder a aula de História. O professor não deixava entrar atrasado. Estava com o sangue quente. A raiva tornava Barrão muito ansioso. Tomou um refrigerante e ficou olhando para os próprios bíceps. Esfregou a garrafa gelada na testa. Tinha de esperar ainda uns quarenta minutos. Foi obrigado a continuar pensando.

Lembrou de uma frase no quadro-negro: "... Então finalmente o exército alemão capitulou diante da Rússia e...".

Fechou os punhos. Nesse caso, capitulou queria dizer "se entregou". E se "capitu" quisesse dizer que Pâmela tinha se "entregado"?

Sentiu todos os seus músculos contraírem.

Se entregado pra quem?

Ele ia pegar o Cláudio e o Pipa pelo pescoço, dar uma chave de braço, apertar até os olhos saltarem pra fora, até eles falarem diante de quem sua namorada tinha capitulado.

Sentia um ódio tão grande... Se começasse a bater nos dois, ia perder o controle. Já havia acontecido antes, numa festa. Um cara ofereceu uma bebida pra Pâmela, enquanto ele tinha ido ao banheiro. Quando viu a cena, de longe, chegou, cutucou o sujeito por trás e, mal ele se virou, acertou-lhe uma cotovelada na testa. O cara caiu, começou a sangrar e Barrão só teve tempo de fugir, abrindo caminho no tapa, arrastando Pâmela pelo braço.

Ela jurou que não, mas ele tinha visto Pâmela rindo. Ela disse que Barrão estava maluco, que não dera atenção ao cara, que ele não podia pensar uma coisa dessas... Mas já não era a primeira vez que desconfiava da namorada.

Melhor se acalmar, antes de encontrar o Cláudio e o Pipa.

A galera tinha a mania de abreviar as palavras, usando só as primeiras sílabas. "Capitu" podia muito bem querer dizer "cabeça de piano no tubo", "carioca com pinta de turista", "cara de pirata tubarão", "caixa de pilha tubular", "cachorra pisando no..."

Não! Ninguém podia chamar sua namorada de capitu, e pronto! O que quer que isso significasse!

Mas ele precisava saber.

Ter certeza.

Havia um jeito! Correu até a biblioteca.

• 2 •
Tambor ciumento

Não que fosse pedir ajuda aos livros, longe disso. Barrão não gostava de livros. Achava livro uma perda de tempo absurda. Era obrigado a estudar por meio deles. Pegar um livro à toa, nem pensar. Para ele, ler um livro chegava a ser desconfortável. Era difícil folheá-los com aqueles braços curtos e os grandes peitorais de músculos inchados. Estava indo à biblioteca porque lembrou que havia um computador lá.

Nos horários das aulas a biblioteca ficava deserta. Apenas uma estagiária de biblioteconomia, numa mesa ao fundo. Uma garota muito magra e vestida de preto, debruçada sobre duas pilhas altas de fichas amareladas. Quando Barrão entrou, ela apenas ergueu os olhos por um segundo e voltou ao trabalho.

Ele acessou a internet, entrou em um *site* de busca, digitou "capitu" e deu um clique no *mouse*.

Tinha os músculos tensos, como quando se preparava para uma luta. Descargas de adrenalina o faziam balançar as pernas, pulsar os peitorais e flexionar os dedos.

A tela do monitor mostrou a Barrão que havia 4 236 itens sobre "capitu" espalhados na internet. Ele se sentiu incomodado, pois nunca tinha ouvido aquela palavra antes. Então "capitu" existia, e queria dizer alguma coisa. Começou a pesquisa.

Havia de tudo com o nome capitu: agência de turismo; loja de móveis; bar e restaurante; *site* para encontros amorosos entre cães; grupo de caminhada ecológica; empresa de ônibus escolar; loja de produtos veterinários; grupo de teatro amador no Tocantins... Barrão se sentia cada vez mais irritado. Nada daquilo fazia sentido. Mas continuou, com seus dedos de pontas grossas e cascudas batendo nas teclas.

cadelinha **Capitu** *procura um amor verdadeiro, de preferência pequinês, como ela...*
guarde o dinheiro para a lua de mel: alugue seu vestido de noiva no Magazine **Capitu**...
Pizzaria **Capitu**, *a melhor napolitana da cidade...*
amor, você não devia usar esse blog pra mandar recado, ainda mais porque eu sei que hoje é meu dia de levar a roupa pra lavanderia **Capitu**

Seu cérebro repetia sem parar capitu, capitu, capitu. Precisava descobrir o que era aquilo e depois bater em alguém. Ou pelo menos quebrar alguma coisa. Não podia ficar com toda aquela adrenalina circulando sem... Foi então que leu o título de um *site* diferente...

"Oblíqua e dissimulada" — as provas da infidelidade de **Capitu**
Segundo os críticos da primeira metade do século...

Barrão sentiu como se tivessem congelado seu cérebro. Abriu o *site*. Começou a ler trechos, não conseguia se concentrar; sabia do que se tratava, desde o tom de voz e as risadas daqueles dois no banheiro ele sabia, já desconfiava há muito tempo, Pâmela...

> *... o escritor Graça Aranha afirma, categórico, que o retrato que Machado de Assis traça de Capitu, uma mulher que, "casada, teve por amante o maior amigo do marido"...*
> *... a infidelidade de Capitu... pesquisar trechos...*

Barrão fechou os olhos.
Ouviu novamente, dentro da sua cabeça:
— Cara, e a Pâmela, hein?
— Tremenda Capitu.
— Pode crer.
E as risadas. As risadas.
Pâmela. Capitu. Pâmela. Infiel.
Estavam rindo dele.
Sua perna esquerda teve um espasmo nervoso e bateu na mesa. O monitor e o teclado pularam, produzindo um barulho seco, que ecoou no silêncio da biblioteca.
Barrão não conseguia abrir os olhos. Havia imagens desconexas. Pâmela beijando outro homem na boca. Não podia ver quem era o cara. Pâmela beijando um homem no pescoço. Pâmela... Socou a mesa, de baixo para cima. O teclado caiu no chão. Ondas de calor subiam até seus ombros. Havia um vazio, um buraco muito fundo e escuro, e ouvia seu coração batendo forte, lá embaixo...
Entre os pensamentos confusos surgia uma fúria, mas também um medo, um medo enorme, uma angústia insuportável, medo da vida, do seu próprio corpo... Um soluço profundo, vindo das entranhas, sacudiu Barrão na cadeira, e afinal duas lágrimas escorreram pelo seu rosto, pelos olhos ainda

fechados. Foi aí que sentiu a mão em seu ombro. Ele deu um pulo para o lado, já de pé, com os punhos fechados, em posição de defesa.

— Ei, calma, tá maluco? — disse a estagiária.

— Que que você tá querendo?

— Pode pesquisar, mas não pode quebrar o computador da escola, certo?

— Me deixa!

— Você tá chorando.

— Não tô chorando nada!

— Vai se olhar no espelho. Você tá chorando. Quer falar sobre o assunto?

— Falar o quê? Sai fora. Tô estudando pra uma prova!

— Já vi gente que não gosta de estudar, mas chegar a chorar desse jeito...

— Tu vai ficar aí plantada?

— Tudo bem. Vou voltar pras minhas fichas. Só não quebra o computador, falou?

Ela se abaixou, para pegar o teclado no chão. Nesse momento Barrão começou a sentir falta de ar. Ela o fez sentar e trouxe água gelada. Colocou as mãos em seu ombro e o acalmou. Depois sorriu, puxou uma cadeira, segurou as mãos dele e disse:

— Vamos lá, ei, vamos conversar. Se solta.

— Eu vou matar eles — foi o que Barrão conseguiu dizer.

— Eles quem?

— Os dois. O Cláudio e o Pipa. Não. Os três. Vou matar a Pâmela também. Ah! Os quatro! O cara com quem ela tá saindo. Ainda não sei quem é, mas vou acertar ele legal.

— Pode me explicar o motivo da chacina?

— Tá querendo saber por quê?

— Você é bem estressado, sabia? Olha aí, se não quer falar, não fala. Só tô querendo ser tua amiga.

— Ouvi dois manés da minha turma chamando a minha namorada, a Pâmela, de "tremenda capitu". Aí procurei na *internet*. Capitu quer dizer "mulher infiel, dissimulada". Tá satisfeita?

— Você nunca tinha ouvido essa palavra?

— Não. E daí?

— Capitu é a personagem feminina principal de um livro chamado *Dom Casmurro*, de Machado de Assis.

— Tô nem aí.

— Nunca leu esse livro, não é?

— Não gosto de livro, tá ligada? Peraí... Como é que é mesmo o nome que você falou?

— Dom Casmurro.

Barrão deu um soco na mão esquerda:

— Caraca! Lembrei! A professora de português mandou a gente ler esse *Dom Casmurro* pra prova, semana que vem! Preciso tirar mais que nove, senão repito o ano! E eu nem comecei... Tem uma mulher chamada Capitu no livro?

— Com certeza.

— Então é por isso que aqueles dois falaram nela! A turma toda já tá lendo o livro, menos eu. Já deve tá todo mundo sabendo. Quem é o corno na história do livro?

— O nome dele é Bentinho. É o tal do Dom Casmurro. Mas ninguém pode provar de fato que houve a traição.

— A essa altura já tão me chamando por aí de Dom Casmurro.

— Você devia ler o livro primeiro, antes de matar tanta gente. É um romance bem legal. Iria te fazer bem.

— Eu não leio "romance". Isso é coisa de fresco. Eu vejo o filme e colo na prova, tá sabendo? Que se dane. Vou começar pegando os dois, na saída. Eles vão sentir o peso da minha mão!

— Foram só algumas palavras que você ouviu. Eles podem ter se referido a outro lance completamente diferente.

— Eu já tava desconfiado da Pâmela.

— Você não pode resolver questões de sentimento usando a violência, cara.

— É claro que posso!

— É. Mas aí você se ferra! Vai preso. Estraga tua vida. E, o pior de tudo, acaba perdendo a namorada, sua besta!

Barrão ficou de boca aberta. Nunca haviam falado assim com ele.

Era uma garota de uns dezoito, dezenove anos, magra e baixa, de cabelos bem lisos e pretos, e um rosto oriental. Ele a arrebentaria com um sopro.

— Cuidado, franguinha — ele ameaçou, sorrindo. — Muita gente já dançou por muito menos...

— Franguinha é a mãe! Eu tô é perdendo meu tempo com um idiota machão que tem vergonha de chorar mas acabou de ter uma crise braba. E tá aqui na minha frente, perdidão. E sabe por quê? Porque ele ama a tal da Pâmela e é por isso que chorou desse jeito. Cala a boca! É por isso que eu quis ajudar. Acho lindo um homem chorar por amor! Você tá sofrendo, bobão, porque ama essa Pâmela e tá morrendo de medo de perder ela! Vai se olhar no espelho! Você tá surtado, angustiado, desconfiado, paranoico. Isso que você tá sentindo se chama "perda", seu troglodita! E não se resolve com porrada!

Barrão ficou assustado. Aquela mulher só podia ser louca, falando daquele jeito com ele, xingando um cara do seu tamanho.

— Você não tem medo do perigo? — ele tentou fazer graça.

— Eu não tenho medo de tambor. Você faz muito barulho, mas é vazio por dentro. Vou voltar pro meu trabalho. Tente se controlar pra não fazer nenhuma bobagem, tudo bem?

Ela se levantou e voltou para sua mesa.

Barrão ficou confuso. Tinha desejo de vingança e pensamentos cheios de violência, mas a todo momento surgia a imagem de sua namorada, da garota de quem ele gostava, linda, apaixonada, e essa imagem se alternava com cenas em que ela estava nos braços de outro; imagens que ele próprio criava mas que o feriam como se fossem reais, como se estivesse vendo tudo ali, na sua frente. Aquele caos freava sua violência.

Não sabia o que fazer.

A aula de História estava terminando. Tinha de tomar uma atitude. Levantou para sair. Ao passar pela estagiária se deteve, paralisado de angústia.

Ela sorriu para ele:

— Se precisar de uma amiga, vou estar aqui.

— Acho que eu gosto mesmo da Pâmela.

— É claro que gosta.

— Mas ela me traiu.

— Não seja bobo. Você não tem certeza.

— Eles disseram que ela é uma "tremenda Capitu". Capitu é infiel.

— Capitu é uma personagem muito complexa. Machado de Assis foi um escritor maravilhoso. Capitu era uma porção de coisas. E, quer saber, pra mim o que esse *site* da internet afirma tá errado!

— Como assim?

— Pra mim, Capitu não foi infiel. Não traiu o marido. Bom, pelo menos do meu ponto de vista.

— Tá falando de quê?

— Eu faço faculdade de Biblioteconomia, cara. Gosto de

livros. Sei muita coisa a respeito de Machado de Assis. *Dom Casmurro* é um livro sobre o ciúme. O Machado escreveu de um jeito que não há como ter certeza, nem da culpa, nem da inocência de Capitu. A decisão é do próprio leitor. Tenho certeza de que Capitu amava o idiota do Dom Casmurro, e ele fez uma grande bobagem só por desconfiar dela.

Ela falou aquilo olhando bem dentro dos olhos dele. Barrão estremeceu, e afinal compreendeu que não podia resolver a situação com a violência. Era algo bem mais complicado.

— Tudo bem... — ele admitiu. — Mas o que é que eu faço?

— Conversa com ela. Seja franco. Se abre. Mulher adora homem sensível, que demonstra suas fragilidades. Diz o que você ouviu. Em vez da violência... "use o diálogo na resolução dos conflitos". Isso é a modernidade, gente boa. Bem-vindo à civilização.

— Vou tentar.

— Boa sorte.

— Valeu.

— Ei... vem cá, como é que é o teu nome?

— Barrão.

— O meu é Lu. Me diz uma coisa, Barrão... você não vai ler o *Dom Casmurro* pra prova? Eu pego ali na estante pra você.

— Quero não. Brigado. Fica pra outra, Lu. Brigadão.

· 3 ·
A fera

Barrão saiu da biblioteca sem pressa. Não queria encontrar Pâmela, e muito menos Cláudio e Pipa. Seguiria o conselho de Lu. Ia se controlar e conversar primeiro com a namorada, saber o que estava rolando, ter certeza, antes de partir para a violência.

Ele reconhecia que era ciumento demais. Todos os seus namoros haviam terminado em brigas, geralmente em festas. Bastava um sujeito olhar sua namorada para ganhar um empurrão. E se o cara não se intimidasse com o tamanho do adversário e quisesse bancar o herói, Barrão partia para o ataque, com tamanha fúria que impressionava até a ele mesmo. Aí a menina se assustava e terminava o namoro.

Ele não queria terminar com Pâmela. Mas ela às vezes fazia umas coisas estranhas, arranjava desculpas para não sair com ele, olhava para outros caras na rua, dava beijinho em todos os bombados da academia... Não podia deixar pra lá. Não. Barrão não era covarde. Não com aqueles bíceps.

Pensou que talvez devesse conversar mais com a Lu sobre essas coisas.

Passou em casa, tomou um banho e esquentou no micro-ondas a lasanha que sua mãe havia deixado pronta.

Sabia que, às segundas-feiras, Pâmela fazia um curso de inglês no *shopping* da Gávea. Ela saía às quatro da tarde.

Ele estaria lá. Sem avisar. Uma surpresa.

O ônibus em que ele ia ficou parado muito tempo, num grande engarrafamento na rua Jardim Botânico, e Barrão chegou ao *shopping* às quatro e quinze. Não adiantava mais esperar Pâmela na saída do curso, como ele havia pensado; só restava andar pelos corredores, tentando encontrá-la.

Caminhou apressado por todo o terceiro andar. Nada.

Ela às vezes aproveitava para fazer compras depois da aula de inglês. Podia estar dentro de uma daquelas dezenas de lojas.

Desceu ao segundo andar. Nada.

Quase cinco horas. Pâmela podia estar comendo alguma coisa nos restaurantes do primeiro andar. Caminhou entre as mesas. Aquela procura piorara sua raiva. Sabia que não tinha razão, não havia marcado o encontro, mas era como se ela tivesse ido embora sem esperá-lo. Um outro compromisso. Correr para encontrar com outro!

Ao passar pelo grande espelho ao lado da porta dos banheiros, olhou para seu tórax musculoso sob a camiseta colante e parou, tensionando os músculos peitorais. Avançou pelos corredores com os punhos fechados. A voz soprando em seu cérebro que ele não tinha motivo, que não encontrar Pâmela ali não queria dizer nada, era cada vez mais abafada por outras vozes de acusação... Ela saiu para encontrar alguém... É isso que Pâmela faz depois do curso... E se ela nem veio assistir à aula...? Ele podia voltar lá e perguntar...

Foi então que Barrão parou, olhando para o fundo do corredor.

Pâmela.

Pâmela, de costas.

Pâmela, de mão dada com um homem.

Não havia mais raciocínio em Barrão. Um gosto amargo inundou sua boca.

Avançou, cego de ódio, com as mãos em garra, esbarrando nas pessoas. Bateu no ombro direito de Pâmela. Ela se virou, e gritou de susto quando o viu.

O homem que estava a seu lado largou sua mão, também muito assustado, e recuou dois passos quando ouviu Barrão gritar:

— Vadia! Vadia!

Havia muita gente por ali. Todos pararam para ver. Pessoas saíram de dentro das lojas e dos restaurantes.

— Tá maluco!? — Pâmela gritou.

Barrão levantou o braço para socá-la. O homem avançou para impedi-lo. Barrão se voltou contra ele, e chutou seu peito, arremessando-o contra a parede. Barrão o agarrou pelo pescoço, por trás, e começou a estrangulá-lo.

Muitas pessoas gritavam. Chamaram os seguranças.

Barrão não soltava a chave de braço. Os olhos do homem estavam já muito abertos e ele não conseguia respirar. Pâmela, ajoelhada em frente a eles, pedia chorando que Barrão o largasse, e isso só fazia com que ele apertasse ainda mais forte. Até que os olhos do homem fecharam e seu corpo ficou estranhamente mole.

Nesse momento chegaram três seguranças vestidos de preto. Barrão largou o sujeito, que caiu como um saco vazio, e começou a brigar com os três.

As pessoas recuaram, apavoradas.

Barrão distribuía socos e pontapés. Golpes precisos. Um dos homens foi lançado contra uma vitrine, espatifando os vidros. Barrão agora era uma fera incontrolável. Só havia ódio dentro dele. Pulava, torcia-se, voava sobre os homens. Pâmela, aterrorizada, encolhida num canto da parede, chorava.

Um dos seguranças conseguiu agarrá-lo por trás. Outro aproveitou para prender suas pernas. O terceiro acertou um soco em sua cabeça. Dois policiais apareceram e ajudaram a controlar Barrão, imobilizando-o no chão, com a barriga para baixo e os braços dobrados nas costas.

Ele gritava, xingava e se debatia. Tinha o corpo avermelhado, a roupa empapada de suor. Foi arrastado até um camburão da polícia e levado para a delegacia da Gávea.

Quando o pai de Barrão chegou à delegacia ainda encontrou o filho transtornado, muito nervoso, gritando e querendo briga. Estava trancado numa cela especial. Como era menor de idade, não podia ser jogado na carceragem.

O homem que estava de mão dada com Pâmela acordara do estrangulamento e fora até a delegacia, fazer um boletim de ocorrência. E havia aberto um inquérito na décima quarta DP contra Barrão, por lesão corporal. Este, por ser menor de idade, se condenado seria levado a uma instituição para menores. Como podia responder às acusações em liberdade, o pai o carregou para casa.

No dia seguinte não foi à aula.

O homem que Barrão quase matara era tio da Pâmela, dono de uma livraria no primeiro andar do *shopping*, ativista dos direitos humanos e um dos mais influentes membros da comunidade *gay* do Rio de Janeiro.

No começo da tarde um amigo ligou, dizendo que na escola não se falava em outra coisa, e perguntou se Barrão não tinha comprado os jornais.

Havia até fotos.

Barrão tinha virado um símbolo da violência dos *pitboys* contra os homossexuais.

4

Musculação cerebral

— Oi, Lu.
— Oi, Barrão.
— Você já soube?
— Li no jornal.
— Pois é. Tô numa roubada.
— Eu não sou daquelas pessoas que ficam falando "eu bem que avisei"... Mas eu bem que avisei!
— Como é que eu ia saber que não tinha nada a ver? Os dois tavam de mãos dadas no *shopping*.
— Quase matou o sujeito.
— Nada a ver. O cara é que era um fresco. Eu só apliquei um sossega-leão nele.
— Você é muito delicado.
— Não é pra matar não. A gente aperta o pescoço do cara até ele parar de respirar, aí conta até três e solta. O cara desmaia. Mas não morre.
— Uma maneira muito civilizada de resolver os conflitos.
— Eu só queria apagar aquele bucha de canhão. O cara desmaia por falta de sangue no cérebro. Depois acorda e pronto. Era um frouxo. Se eu quisesse matar aquele boiola eu...
— Para! Que horror! Além de tudo você é homófobo!

— Sou o quê?
— Ho-mó-fo-bo! Você tem homofobia. Ho-mo-fo-bia!
— Quê isso? Doença de cachorro?
— E é burro também.
— Vai começar?
— Homofobia significa aversão a homossexuais.
— Então eu sou homofóbico mesmo.
— Ho-mó-fo-bo.
— Isso aí. Não gosto de boiola. Pra mim, homem tem que ser homem.
— E o que é ser homem, Barrão?
— É o cara que tem disposição. É forte. Gosta de mulher. Aguenta dor. É controlado. Não leva desaforo pra casa. Sabe bater. Não tem medo. Não...
— As mulheres e os homossexuais masculinos são o contrário disso, não é?
— São.
— Então, por exemplo, as mulheres e os homossexuais masculinos são descontrolados e medrosos.
— São.
— Sabe por que você atacou o cara no *shopping*? Porque perdeu o controle! E porque teve medo de que a Pâmela estivesse com outro!
— Nada a ver.
— Você foi descontrolado e medroso. Então você é boiola.
Barrão deu um passo à frente, com o punho direito fechado. Lu olhou nos seus olhos com firmeza:
— Vai perder o controle de novo?
Ele não conseguia se mexer. Aquela mulher o paralisava.
— Tá legal, eu sou boiola, ui, ui... Onde é que você fez esse corte de cabelo maravilhoso?

Ela continuou olhando para ele, com uma expressão muito dura e irritada:

— Como você é idiota. Essa é a "maneira brasileira não violenta" de lidar com o homossexualismo, não é? Fazer gracinha. Você é um *pitboy*... um sujeito que critica os *gays*, mas passa a tarde se embolando com outros homens num tatame. Experimenta colocar uma música romântica. Vocês estão fazendo amor, cara. Tá me entendendo? E então? Faz gracinha agora!

Barrão ia dar um tapa nela. Só um tapa. Mas não fez nada. Nem riu. Com aquela mulher ele não precisava se controlar. Por algum motivo, era impossível para ele reagir a ela. A única coisa que podia fazer era ir embora, mas nem isso conseguiu.

— O que é que você veio fazer aqui na biblioteca desta vez? — ela perguntou, ainda irritada.

— Pedir ajuda.

A resposta a desconcertou. Debaixo daquele monte de músculos inflados havia uma pessoa frágil e apavorada.

— Desculpa — ela disse. — Ajuda como? Senta aí.

Barrão sentou de frente para ela, do outro lado da mesa, que continuava cheia de fichas amareladas.

— Você já sabe que eu tô encrencado.

— E como!

— Pois é. Tá todo mundo contra mim. A polícia, meus pais, os *gays*, o pessoal da minha turma, a Pâmela...

— A Pâmela...?

— Não quer falar mais comigo. Mas acho que ainda tenho alguma chance com ela... se conseguir me explicar, mais tarde. O pior mesmo é a minha família. Meu pai não mora comigo, tem a vida dele. Disse que tá de saco cheio das minhas confusões. Mas se ele não me der uma força, eu vou acabar me ferrando, porque o processo vai correr, vou ser internado num abrigo pra menores, já viu, né? Ele disse que eu sou um vagabundo, que não quero estudar... Que o melhor é me deixar pra lá, ser preso mesmo, pra ver se eu aprendo.

— E tua mãe? Você mora com ela?

— Moro, mas ela concorda com ele. O mesmo papo: "Deixa ele se ferrar pra ver como é a vida".

— Que barra, hein? Mas no que é que eu posso te ajudar?

— As aulas tão no fim, Lu. Só tem mais essa semana. Na semana que vem vão rolar as provas. Se eu repetir de ano, tô acabado. Meus pais não vão me perdoar. Vão desistir. E eu vou em cana.

— E você tá muito mal?

— Em Matemática e História preciso de oito, mas já descolei professor particular. Em Português, preciso de nove e meio.

— Já entendi.

— Pois é.

— Você tá nas mãos do Machado de Assis.

— Não dá pra tirar nove e meio só lendo a orelha ou vendo filme. Colar também vai ser difícil. Tá todo mundo de olho em mim. Você me ajuda a ler o *Dom Casmurro*?

Ela ficou olhando para ele:

— Tá legal. Mas com uma condição.

— Eu topo.

— Vou falar tudo o que eu penso pra você, mas não quero levar porrada.

— Prometo.

· 5 ·

Machado, um cara legal

Os dois combinaram ler o livro juntos, ali mesmo, na biblioteca, que ficava vazia quando os estudantes estavam em aula.

Barrão iria em casa almoçar e voltaria à escola. Teria de ler um romance; isso era um absurdo que nunca passaria por sua cabeça não fosse o seu real desespero.

Começaram naquela mesma tarde, quarta-feira.

Lu pegou na estante um dos três exemplares de *Dom Casmurro* que havia na biblioteca, mandou Barrão sentar num canto afastado e começar a ler. Ela estaria ali, para tirar as dúvidas e dar algumas explicações.

— E eu começo por onde? — ele disse, com o livro nas mãos, assim que sentou.

— Pela página 1.

— Sério. Esse livro trata de quê?

— Você quer que eu conte a história?

— Tudo não. Mas dá só uma ideia, pra eu saber onde tô me metendo.

— Tudo bem. *Dom Casmurro* não parece, mas é um romance sobre um amor adolescente. É passado no século XIX.

— Que saco.

— Não começa com ignorância, cara. Presta atenção. Resumindo: é um romance que começa na adolescência, atravessa a vida toda e termina muito mal, por ciúmes do tal Dom Casmurro. Você acaba o livro com dúvida, sem poder dizer se Capitu traiu ou não. Começa a ler. Tô ali trabalhando.

Lu voltou para suas fichas.

Barrão abriu o volume.

Capítulo I — DO TÍTULO

Uma noite destas, vindo da cidade para o Engenho Novo, encontrei no trem da Central um rapaz aqui do bairro, que eu conheço de vista e de chapéu. Cumprimentou-me, sentou-se ao pé de mim, falou da lua e dos ministros, e acabou recitando-me versos. A viagem era curta, e os versos pode ser que não fossem inteiramente maus. Sucedeu, porém, que como eu estava cansado, fechei os olhos três ou quatro vezes; tanto bastou para que ele interrompesse a leitura e metesse os versos no bolso.

(...) No dia seguinte entrou a dizer de mim nomes feios, e acabou alcunhando-me Dom Casmurro.

(...) Não consultes dicionários. Casmurro não está aqui no sentido que eles lhe dão, mas no que lhe pôs o vulgo de homem calado e metido consigo. Dom veio por ironia, para atribuir-me fumos de fidalgo. Tudo por estar cochilando!

Barrão chegou ao fim do primeiro capítulo, colocou o livro aberto sobre a mesa, e esticou os braços, alongando os bíceps.

— Já parou? — disse Lu.

— Quando o capítulo termina é pra gente dar uma descansada, não é não?

— Não necessariamente. Pode ir em frente. Ler não é musculação. Tá achando legal?

— Até que não tá mal. Os capítulos são curtos. O cara escreve engraçado. E começou bem, explicando logo por que botaram o apelido nele de Dom Casmurro. Eu gosto de livro assim, que vai explicando as coisas direitinho. Por falar nisso, vem cá, o que é que quer dizer casmurro?

— Teimoso, implicante, quieto, triste... Continua a ler.

Barrão voltou à leitura, e ficou satisfeito com o começo do segundo capítulo:

Agora que expliquei o título, passo a escrever o livro. Antes disso, porém, digamos os motivos que me põem a pena na mão.

Machado de Assis era um cara legal, ia devagar, explicando o que ia fazer. Isso facilitava as coisas para Barrão, que costumava se perder no meio das histórias.

Nesse segundo capítulo, por exemplo, ficou sabendo que quem escrevia o livro era o próprio personagem, o Dom Casmurro, já velho, vivendo sozinho com um criado, numa casa no Engenho Novo.

— O cara é maluco — disse Barrão.

— Por quê? — Lu levantou a cabeça.

— Ele diz aqui que mandou construir uma casa exatamente igual àquela em que ele morava quando era garoto.

— Você vai entender depois. É mais ou menos pelo mesmo motivo que ele escreve o livro, que é um livro de memórias.

— Ah... tá aqui. É isso?

Barrão leu.

O meu fim evidente era atar as duas pontas da vida, e restaurar na velhice a adolescência.

— É. É isso.
— Ah... tem mais... Escuta só:

(...) vou deitar ao papel as reminiscências que me vierem vindo. Deste modo, viverei o que vivi (...)

— Isso. Agora lê pra dentro. Deixa eu trabalhar.
Barrão terminou o segundo capítulo e levantou, para esticar as pernas. Girou os ombros três vezes e tornou a sentar. Antes de continuar a ler, achou a unha do polegar direito suja e tentou limpá-la com a ponta da capa plastificada do livro.
Lu o observava a distância. Não se conteve:
— Se concentra, cara.
— Me deixa.
— Você não fica quieto?
— Mais quieto do que eu tô, aqui nesse silêncio, parece um cemitério! Não rola nem um som... Quando é que a gente vai...
— Cala a boca e lê. É só isso que você tem que fazer!
Barrão voltou ao livro.
No terceiro capítulo começam de fato as recordações de Dom Casmurro. Ele estava na casa onde foi criado, na rua de Matacavalos, no Rio de Janeiro, em novembro de 1857.
Estava escondido atrás de uma porta, ouvindo sua mãe, D. Glória, conversando sobre ele com um tal de José Dias.
Naquela época Dom Casmurro ainda era conhecido como Bentinho.
José Dias dizia à D. Glória que não achava legal Bentinho namorar a filha do vizinho, que se chamava Capitu. Ela era pobre e desmiolada.

A mãe fica surpresa, e diz:

— *Mas, Sr. José Dias, tenho visto os pequenos brincando, e nunca vi nada que faça desconfiar. Basta a idade; Bentinho mal tem quinze anos. Capitu fez quatorze a semana passada; são dois criançolas. Não se esqueça que foram criados juntos...*

Mas a mãe então lembra que, de qualquer modo, Bentinho não vai poder casar nunca porque ela prometeu a Deus que ele ia ser padre da igreja católica.

Dois outros parentes dão palpites malucos sobre o assunto, um tio Cosme e uma prima Justina, e pouco depois acaba o capítulo, com Bentinho ainda escondido atrás da porta.

Barrão largou o livro para estalar os dedos.

Capitu já havia entrado na história. E era uma "desmiolada".

Barrão não podia ouvir ou ler o nome Capitu sem pregar por cima dele o de Pâmela. O que se falava de Capitu era o mesmo que falar de Pâmela. Pâmela era então uma desmiolada.

E ele, Barrão, como Bentinho, ficava sabendo disso escondido atrás de uma porta! Como no banheiro!

· 6 ·
A promessa

Lu o repreendeu com o olhar e ele parou de estalar os dedos e de pensar em Pâmela. Voltou a ler.

Três personagens tinham entrado na história sem explicação: José Dias, tio Cosme e prima Justina. Barrão queria saber quem eram. Conhecer os personagens do livro era o mínimo de que precisava pra tentar se dar bem na prova de Português. Machado de Assis era mesmo um cara legal. Nos três capítulos seguintes ele esclarecia tudo.

José Dias era um "agregado" da família de Bentinho, um sujeito que morava na casa das famílias ricas, mesmo sem ser parente, sem fazer nada.

Bentinho o descrevia assim:

Era nosso agregado desde muitos anos; meu pai ainda estava na antiga fazenda de Itaguaí, e eu acabava de nascer. Um dia apareceu ali vendendo-se por médico homeopata; (...) José Dias curou o feitor e uma escrava, e não quis receber nenhuma remuneração.

Então meu pai propôs-lhe ficar ali vivendo (...)

Quando meu pai foi eleito deputado e veio para o Rio

de Janeiro com a família, ele veio também, e teve o seu quarto ao fundo da chácara.

Nesse ponto, Barrão teve de rir, porque José Dias acaba confessando que não era médico homeopata coisa nenhuma, que era um charlatão, e que mentia para divulgar a homeopatia, um ramo da medicina que ele acreditava ter poderes curativos só inferiores aos de Deus. Se a homeopatia era a Verdade, então ele mentia pela Verdade, o que o deixava menos culpado.

José Dias pensou que ia ser despedido, mas não foi. Bentinho recordava:

(...) meu pai já não podia dispensá-lo. Tinha o dom de se fazer aceito e necessário; dava-se por falta dele, como de pessoa da família.

Tio Cosme e prima Justina eram dois viúvos. Como a mãe de Bentinho também era, a casa de Matacavalos era conhecida como a "casa dos três viúvos".

Tio Cosme era advogado, gordo e muito pesado, e ia para o escritório da rua da Viola montado numa besta que, como lembrava Bentinho, nessas horas nunca...

(...) deixava de mostrar por um gesto que acabava de receber o mundo.

Faltava saber um pouco mais sobre a mãe de Bentinho, D. Glória, e foi isso que aconteceu no capítulo seguinte, o VII. Barrão pensou que era como se Machado de Assis estivesse facilitando as coisas para ele passar na prova.

D. Glória era viúva do pai de Bentinho, um fazendeiro rico chamado Pedro de Albuquerque Santiago. Ela terminou vendendo a fazenda e comprando prédios, apólices de banco e escravos para alugar. Virou uma viúva rica morando na cidade. Em 1857, D. Glória tinha quarenta e dois anos. Bentinho descrevia como ela se vestia:

> *Vivia metida em um eterno vestido escuro, sem adornos, com um xale preto...*

Pronto. Agora Barrão sabia quem eram e como eram os personagens. Aqueles deviam ser os mais importantes. Estava gostando de Machado de Assis. Seu estilo ajudava o leitor. Durante a leitura do livro, quando esquecesse quem era quem, o que sempre acontecia com ele, era só voltar àqueles primeiros capítulos.

Levantou e flexionou as pernas. Na frente de uma estante envidraçada, encolheu a barriga e estufou o peito várias vezes, até Lu gritar:

— Para com isso! Assim não dá! Desse jeito você só termina o livro ano que vem.

— Você é implicante, sabia? Já tô no capítulo VIII.

— Os capítulos são pequenos! Você é hiperativo!

— Não começa a xingar!

— Não tô xingando, sua besta. Hiperativo é o sujeito que é ativo demais. Assim, se mexendo desse jeito, você não consegue ler um livro.

— Eu não nasci pra ler livro mesmo, tá ligada?

— Olha aqui, Barrão... tudo bem, mas com você se mexendo desse jeito, nem eu consigo me concentrar. A gente podia fazer diferente. Eu leio pra você. Que tal? Aí você pode se esticar à vontade. E me pergunta o que não entender.

— Cara, seria dez. Sobrava mão até pra eu anotar umas coisas pra decorar.

Fizeram assim.

Lu sentou-se de frente para ele e começou a ler o capítulo VIII, em que o narrador decide afinal voltar à história, a partir da cena em que está escondido atrás da porta, mas acaba lembrando de outra coisa completamente diferente: um velho amigo, um tenor italiano, numa noite de bebedeira, disse a ele que "a vida é uma ópera", e justificou isso com uma explicação maluca pelos dois capítulos seguintes.

— Ei — reclamou Barrão. — Esse Machado de Assis é doido? Isso não tem nada a ver com a história.

— Vai se acostumando. Isso se chama processo narrativo. Cada escritor tem o seu. Ele escreve de um jeito que parece até desleixado, como se fosse enfiando os assuntos por acaso, mas depois a gente vai entendendo que tudo tem sentido, tem uma coerência. *Dom Casmurro*, por exemplo, é um quebra-cabeça. Você vai ver.

O capítulo XI se chamava "A promessa", e explicava por que D. Glória havia prometido fazer de Bentinho um padre. Lu leu:

Os projetos vinham do tempo em que fui concebido. Tendo-lhe nascido morto o primeiro filho, minha mãe pegou-se com Deus para que o segundo vingasse, prometendo, se fosse varão, metê-lo na Igreja. Talvez esperasse uma menina.

Mas nasceu um menino, Bentinho.

— Deixa eu ver se entendi — cortou Barrão. — A história é sobre um sujeito que se apaixona por uma vizinha, mas não pode casar com ela porque vai ser padre.

— Você é esperto. Deixa eu continuar. Agora, nesse capítulo XII, é que Bentinho tem uma revelação importante. Ele amava Capitu.

Voltando à cena, o garoto sai de trás da porta, corre para a varanda de trás da casa. Lu continuou:

(...) ia tonto, atordoado, as pernas bambas, o coração parecendo querer sair-me pela boca fora...

Bentinho na verdade ainda não namorava Capitu. Nem desconfiava de que gostava dela. Foi a fofoca de José Dias que o fez descobrir isso. Aí não parou mais de pensar nela.
Assim Machado de Assis descrevia as sensações do menino:

Um coqueiro, vendo-me inquieto e adivinhando a causa, murmurou de cima de si que não era feio que os meninos de quinze anos andassem nos cantos com as meninas de quatorze; ao contrário, os adolescentes daquela idade não tinham outro ofício, nem os cantos outra utilidade.

— O cara fala com coqueiro — Barrão gostou.
Lu continuou a ler:

Era um coqueiro velho, e eu cria nos coqueiros velhos, mais ainda que nos velhos livros. Pássaros, borboletas, uma cigarra que ensaiava o estio, toda a gente viva do ar era da mesma opinião.

— Esse Machado de Assis é pirado.
Lu fez sinal para ele parar de interromper, e prosseguiu:

Com que então eu amava Capitu, e Capitu a mim?

E pelo resto do capítulo ela continuou a ler como Bentinho descrevia as sensações de seu primeiro amor:

(...) A emoção era doce e nova, mas a causa dela fugia-me, sem que eu a buscasse nem suspeitasse. (...) Eu amava Capitu! Capitu amava-me! (...) Esse primeiro palpitar da seiva, essa revelação da consciência a si própria, nunca mais me esqueceu, nem achei que fosse comparável qualquer outra sensação da mesma espécie. Naturalmente por ser minha. Naturalmente também por ser a primeira.

Lu terminou o capítulo e olhou para Barrão. Ele tinha os olhos úmidos. Havia prestado muita atenção.
— É a primeira vez que você sente isso também, não é? — ela disse.
— De que que você tá falando?
— Do amor, cara. Você gosta da Pâmela.
— É.
— E o Machado descreveu a sensação, não foi?
— É.
— "Essa revelação da consciência a si própria..." Você entendeu o que ele quis dizer com isso? Eu acho que é o que tá acontecendo com você, Barrão. O amor faz a gente se revelar a si mesmo. Compreende isso? Na maior parte do tempo nós inventamos que somos um personagem, vivemos esse personagem, usamos uma máscara... tudo isso pros outros. Mas o amor faz cair essa máscara, cara. Temos que ser verdadeiros. Temos de nos descobrir. Não dá pra usar máscara com quem a gente ama. Simplesmente, é um recurso que não funciona.

Barrão não conseguia dizer nada. Diante de Lu ele também não podia usar máscaras.

• 7 •
Capitolina

— Vamos em frente — Lu disse. — Machado continua a descrever as sensações de Bentinho. Ele afinal vai atrás de Capitu. Escuta só...

Ela se ajeitou na cadeira, e leu:

Não me pude ter. As pernas desceram-me os três degraus que davam para a chácara, e caminharam para o quintal vizinho. Era costume delas, às tardes, e às manhãs também. Que as pernas também são pessoas, apenas inferiores aos braços, e valem de si mesmas, quando a cabeça não as rege por meio de ideias.

Havia uma porta comunicando as duas casas vizinhas. Bentinho passou por ela. Encontrou Capitu riscando o muro com um prego. Quando ela o viu, tentou esconder o que escrevia. Bentinho olhou Capitu, sabendo que estava apaixonado.

(...) Todo eu era olhos e coração, um coração que desta vez ia sair, com certeza, pela boca fora. Não podia tirar os olhos daquela criatura de quatorze anos, alta, forte e cheia, apertada em um vestido de chita, meio des-

botado. Os cabelos grossos, feitos em duas tranças, com as pontas atadas uma à outra, à moda do tempo, desciam-lhe pelas costas. Morena, olhos claros e grandes, nariz reto e comprido, tinha a boca fina e o queixo largo.

Bentinho insiste em ver o que estava escrito. Capitu tenta apagar...

O que se lhe seguiu foi ainda mais rápido. Dei um pulo, e antes que ela raspasse o muro, li estes dois nomes, abertos ao prego, e assim dispostos:
    BENTO
    CAPITOLINA

— O nome dela de verdade era Capitolina?
— É. Capitu era apelido.
— Capitolina... Que horror.
— Tem uma explicação. Tudo nesse livro tem uma explicação. Quer saber?
— Fala aí. De repente cai na prova.
— Capitolino era o nome de um cônsul romano, considerado um herói, por ter rechaçado um ataque dos gauleses ao Capitólio.
— Capitólio é o quê?
— Um templo na Roma antiga, dedicado ao deus Júpiter. Na época era comum o herói de guerra acrescentar ao seu próprio nome o nome do local da batalha mais importante que tinha travado; então o sujeito passou a se chamar Marcos Manlius Capitolinus.
— E o que é que isso tem a ver com...
— Tempos depois esse Capitolinus, ou Capitolino, em português, foi acusado de corrupção e condenado à morte.

Mas sua culpa nunca ficou bem provada. Foi um processo muito duvidoso. Corrupção era considerada uma traição à pátria. Então ficou sempre a pergunta: Capitolino teria traído ou não?

— Ah... Entendi o lance...

— Capitolina... Teria traído ou não? Tá vendo? Essa é uma das brincadeiras do Machado. Em cada detalhe ele quer que o leitor nunca tenha certeza da traição de Capitu.

— E essa cena do muro, hein? Bem sacada. Meu namoro com a Pâmela começou parecido. Ela tava escrevendo no caderno, eu cheguei por trás; ela quis esconder, puxei a mão dela com força e li: Pâmela e Barrão. Cara, aquilo foi muito gostoso.

— E o que você fez?

— Eu ia puxar pelo cabelo e dar um beijo na boca dela. Não me olha com essa cara. Já ganhei muita mina assim nas festas. Mas com ela foi diferente. Sei lá. Fiquei mudo, olhando pra ela, cheio de felicidade, mas sem conseguir fazer nada.

— Igual ao Bentinho.

— É?

— Escuta só...

> *Em verdade, não falamos nada; o muro falou por nós. Não nos movemos, as mãos é que se estenderam pouco a pouco, todas quatro, pegando-se, apertando-se, fundindo-se (...)*
>
> *Não soltamos as mãos, nem elas se deixaram cair de cansadas ou de esquecidas. (...) Estávamos ali com o céu em nós. (...) Os olhos continuaram a dizer coisas infinitas, as palavras de boca é que nem tentavam sair, tornavam ao coração caladas como vinham...*

— Foi assim mesmo! Esse Machado escreve gozado, mas foi assim mesmo. A gente apertou as mãos e me deu vontade de dizer uma porção de coisas, mas as palavras não saíam. As palavras saíam da cabeça mas, em vez de ir pra boca, iam pro coração... Grande Machado!

— Se você tivesse agido como um troglodita, puxasse o cabelo dela e beijasse à força, tinha perdido a Pâmela.

— Sei lá. De repente ela gostava.

— Você sabe que não. Você entendeu que aquela era uma relação diferente. Teu corpo entendeu. Esse teu jeito violento e estúpido de resolver as coisas é uma máscara, Barrão. E o amor faz a máscara cair, lembra? Por isso você não sabia nem o que dizer... As coisas legais que você tinha pra dizer a ela nem conseguiam sair pela boca.

— Peraí! Eu sou isso aqui mesmo! Sou um lutador! Um guerreiro! Sou homem! Tudo isso aqui é músculo, tá ligada?, não é máscara coisa nenhuma.

— Violência, pra mim, é reação primitiva a problemas mal resolvidos.

— Tu é muito metida, sabia?

— Qual é o teu objetivo na vida? Ser um *pitboy*? Legal. Boa sorte. Vai ser esse o teu estilo de vida? Bacana. O espírito, as emoções, a poesia da vida, que se dane tudo isso, não é? É tudo coisa de fresco. Tudo bem. O lance é o corpo, os músculos, a porrada. Depois não se queixe. Você tá apostando em cavalo perdedor. Já pensou como vai ser patético um *pitboy* velho?

— Eu tô aqui pra estudar ou pra ganhar lição de moral?

Lu balançou a cabeça e passou para o capítulo XV, em que o pai de Capitu aparece e interrompe os dois, fazendo que soltem as mãos. Bentinho ficou muito atrapalhado, mas

Capitu conseguiu apagar os nomes no muro e ainda inventou uma história para enganar o pai.

— Esse é o momento em que Bentinho começa a insinuar que Capitu sabia mentir muito bem, era dissimulada... — Lu começou a explicar.

Mas Barrão estava interessado em outra coisa:

— Esse tal Pádua é o pai de Capitu...

— É.

— Deixa eu anotar umas coisas sobre ele, pode cair na prova.

— Você só pensa na prova! Então termina de ler o capítulo, e o seguinte. Machado vai falar do Pádua. Vou voltar pro meu trabalho. Por hoje chega. Amanhã a gente continua.

· 8 ·
Os cumprimentos

Depois da leitura Barrão foi para a academia de jiu-jítsu, treinar um pouco. Era a primeira vez que ia lá depois de ter brigado no *shopping*.

O professor o repreendeu na frente de todos, dizendo que um lutador de jiu-jítsu responsável não deve se meter em briga de rua, que aquela era uma luta de defesa, que Barrão não podia agredir ninguém porque seu treinamento em lutas marciais tornava seu corpo uma arma etc. etc.

Na saída, porém, Barrão foi elogiado por outros lutadores, que aplaudiam o fato de ele ter saído nos jornais, ter batido num *gay* e mostrado para uma mulher que com homem de verdade não se brinca. Um deles explicou que aquela publicidade trazia mais alunos para a academia. Barrão chegou a ser convidado a participar de uma gangue que armava umas boas brigas, nos arredores de boates *gays*.

Ele se sentiu prestigiado, e voltou a pensar que afinal tinha feito a coisa certa.

Ao chegar em casa, ainda cheio de autoconfiança pelos apoios recebidos, ligou para Pâmela. Ela mandou a mãe dizer que não queria falar com ele.

Ainda estava com o sangue quente do treino na academia, a adrenalina correndo por seu corpo; podia ir lá no prédio da Pâmela, cercar a namorada, impor sua vontade com os músculos. Mas uma parte dele vinha para estragar tudo isso, com críticas que pareciam sair da própria boca de Lu, lembrando que a violência não ia adiantar nada, que ele era um troglodita, que ser um troglodita era uma máscara. E Barrão chegava a pensar se todos os seus colegas de jiu-jítsu não seriam trogloditas como ele, e os treinos na academia um grande baile de máscaras. Assim, ele ficou rolando na cama, olhando para o teto, sem conseguir chegar a conclusão alguma.

Não sabia o que fazer em relação a Pâmela.

Já tivera a chance de falar com ela. Não sobre a história da "capitu". Só disse que quando a viu de mãos dadas com um homem perdera a cabeça. Pâmela perguntou se ele desconfiava dela, e ele quis ser sincero e disse que sim, que desconfiava, que na verdade já vinha pensando que ela tinha outro cara e aquilo o estava deixando maluco.

A reação de Pâmela o espantou.

Ela ficou de pé na frente dele, com as mãos nos quadris, e falou:

— Pra você ter uma desconfiança tão grande é porque aconteceu alguma coisa, ou soube de alguma coisa, ou ouviu intriga de alguém! Barrão, quero que você me diga *agora* o que aconteceu!

Ele não conseguiu abrir a boca.

— Diz! Ou então a gente se separa!

— Para, Pâmela. Tem coisas que a gente não fala!

— Não vai dizer o que aconteceu, pra desconfiar de mim e me acusar desse jeito?

— Não vou falar nada.

— Não vai mesmo, Barrão. Nunca mais. Não me procure.

Ela deu as costas e foi embora. E depois disso não quis mais falar com ele.

Barrão ficou arrasado.

No início, achou a reação de Pâmela natural. Ela queria saber por que ele desconfiava dela. Mas... e se ela tivesse mesmo alguma coisa a esconder e, no desespero, quisesse calcular até que ponto ele sabia?

A única saída seria obrigá-la a conversar à força, mas já tinha problemas demais com a família, a polícia e até com os jornais. Mais uma confusão e estaria encrencado de verdade.

Melhor deixar passar uns dias, para as coisas esfriarem. E ligar pra ela de vez em quando, quem sabe... Teve pena de si mesmo. Sua autoconfiança tinha ido embora. Precisava voltar à academia no dia seguinte. Fazer musculação diante do espelho, aumentar um pouco os pesos...

· 9 ·
O imperador bate à porta

Ir à escola pela manhã era uma tortura para Barrão. A sorte é que aquela era a última semana de aula.

Pâmela, do outro lado da sala, não cruzava nem o olhar com ele, e tinha sempre uma barreira de amigas para protegê-la.

Mas o pior era ter de olhar para a cara de Cláudio e Pipa sem poder fazer nada.

No começo da tarde voltou à biblioteca.

Lu foi logo falando:

— Hoje vamos acelerar essa leitura, senão não vai dar tempo.

— Tudo bem. Você lê?

— É. É melhor. Capítulo dezessete, não é?

— Isso.

Lu parecia mais tensa a cada dia. E mais magra. Sempre vestida de preto, com a pele muito branca, lembrava um vampiro faminto, prestes a morder um pescoço.

Barrão chegou a ficar com medo quando ela leu, com voz cavernosa, o final do capítulo, em que Bentinho, pesquisando em livros antigos, acaba perguntando aos próprios vermes dos livros o que eles sabiam sobre os textos que haviam roído:

— Meu senhor, respondeu-me um longo verme gordo, nós não sabemos absolutamente nada dos textos que roemos, nem escolhemos o que roemos, nem amamos ou detestamos o que roemos; nós roemos.

Nos capítulos seguintes Bentinho expressa sua aflição. Não quer ser padre, para não perder Capitu. Para convencer sua mãe a desistir da promessa, começa a pedir ajuda.

Desabafa com Capitu. Fica surpreso com a reação dela, que se volta violentamente contra sua mãe, D. Glória.

— Beata! carola! papa-missas!
Fiquei aturdido. Capitu gostava tanto de minha mãe, e minha mãe dela, que eu não podia entender tamanha explosão. (...) Quis defendê-la, mas Capitu não me deixou, continuou a chamar-lhe beata e carola, em voz tão alta que tive medo fosse ouvida dos pais. Nunca a vi tão irritada como então; parecia disposta a dizer tudo a todos. Cerrava os dentes, abanava a cabeça...

Barrão reparou que Lu lia aquele trecho com prazer. Ela era a própria Capitu irritada, "disposta a dizer tudo a todos".

Bentinho começava ali a mergulhar no mistério de Capitu. Ela o surpreenderia até o final.

(...) Capitu, aos quatorze anos, tinha já ideias atrevidas (...) mas eram só atrevidas em si, na prática faziam-se hábeis, sinuosas, surdas, e alcançavam o fim proposto, não de salto, mas aos saltinhos.

Ela passava da irritação à reflexão; do descontrole à persuasão. Acabou convencendo Bentinho a pedir que o próprio

José Dias interviesse a seu favor, dando a ideia salvadora: trocar o seminário pelo curso de Direito em São Paulo.

Bentinho agarrou-se a isso como a uma tábua de salvação, e sentiu-se forte para falar com José Dias. Mas precisou apelar para a fé também:

— *Prometo rezar mil padre-nossos e mil ave-marias, se José Dias arranjar que eu não vá para o seminário.*

Ele nunca cumpria as promessas, apenas as ia adiando, somando as atrasadas às novas, por isso chegara a mil.

Marcou uma conversa com José Dias no Passeio Público, no centro da cidade. Pretendia falar sobre o seminário, mas o agregado o surpreendeu com uma reprimenda por andar com a família vizinha, que era pobre, muito abaixo da condição de Bentinho. Este não quis contrariar José Dias, e acabou ouvindo uma opinião sobre Capitu que nunca mais esqueceu, e o torturou pelo resto da vida. Lu leu esse trecho com mais intensidade:

— *(...) A gente Pádua não é de todo má. Capitu, apesar daqueles olhos que o diabo lhe deu... Você já reparou nos olhos dela? São assim de cigana oblíqua e dissimulada...*

Oblíqua e dissimulada. Barrão lembrou-se dos olhos de Pâmela e também os achou assim.

Bentinho afinal desabafa:

— *Não posso (...) não tenho jeito, não gosto da vida de padre. Estou por tudo o que ela quiser; mamãe sabe que eu faço tudo que ela manda; estou pronto a ser o que for do seu agrado, até cocheiro de ônibus. Padre, não; não posso ser padre. A carreira é bonita, mas não é para mim.*

E confessa seu plano de trocar o seminário pelo curso de Direito em São Paulo.

José Dias, muito espantado, pensa numa maneira de converter aquela resolução em benefício próprio e sugere, em vez de São Paulo, a Europa.

— *(...) Por que não há de ir estudar leis fora daqui? Melhor é ir logo para alguma universidade, e ao mesmo tempo que estuda, viaja. Podemos ir juntos; veremos as terras estrangeiras, ouviremos inglês, francês, italiano, espanhol, russo e até sueco. D. Glória provavelmente não poderá acompanhá-lo (...)*
— *Estamos a bordo, Bentinho, estamos a bordo!*

— Esse livro é muito estranho... — Barrão interrompeu a leitura de Lu, no final do capítulo vinte e sete. — Olha só... o cara para de contar a história pra dizer que um mendigo pediu dinheiro ao Bentinho no meio da rua.

— É assim mesmo. Os romances do Machado têm um ritmo diferente, são em ciclos, entende? Ele compõe o enredo numa sucessão de quadros.

— Mas até agora não aconteceu quase nada.

— Não é um romance de aventura, cara. É um romance sobre a alma humana. As pessoas têm alma, sabia? Não somos feitos de carne pura!

— Tô só dizendo que esse livro não...

— Arte pra você é filme de porrada, não é? Se não tiver perseguição de carro e herói lutando contra bandido não "tá acontecendo nada".

— Você é um bocado nervosa.

— Você me irrita. Presta atenção. Num tipo de romance como esse o interesse do leitor não fica preso ao enredo, à aventura, mas às figuras psicológicas dos personagens. Esses episódios que você diz que não têm nada a ver é que vão dando essa densidade psicológica a eles, sacou?

— Não. Não saquei nada. O que é que um mendigo pedindo dinheiro tem a ver?

— Não reparou que antes de dar a moeda Bentinho pensou em Capitu, e no seminário, e afinal pediu que o mendigo rogasse a Deus por ele, a fim de que pudesse satisfazer a todos os seus desejos?

— Eu ouvi. Não sou surdo.

— Não é surdo, mas é burro! Com um fato corriqueiro, Machado tá explicando como Bentinho agia e pensava, diante da ameaça do seminário, e da perda de Capitu. Enquanto ela se mostra prática e pensa em estratégias, ele se apega a Deus, é fantasioso, fora da realidade. No fundo Bentinho quer dizer que Capitu era mesmo dissimulada, mentirosa, e ele um pobre garoto ingênuo... pra no final acusar Capitu de traição.

— Ah... entendi.

— Olha o capítulo vinte e nove, por exemplo.

Na volta para casa, o trânsito para para dar passagem ao Imperador. Bentinho imagina contar tudo a ele, e pedir-lhe intervenção.

— *"Sua Majestade pedindo, mamãe cede" (...)*

E Bentinho imagina mais. O Imperador entra na casa de D. Glória, fala com ela pessoalmente. A mãe o obedece. Pronto. O problema do seminário está resolvido.

Ao contar esse sonho à Capitu, ela o corta:

— *Não, Bentinho, deixemos o Imperador sossegado, replicou; fiquemos por ora com a promessa de José Dias. Quando é que ele disse que falaria a sua mãe?*

— Você vê como o Machado vai construindo a estrutura psicológica dos personagens? — Lu interrompeu sua leitura para explicar. — Capitu é pragmática. Não quer saber de sonhos. O próprio Bentinho reconhece. Escuta este trecho:

Era minuciosa e atenta (...) Também se pode dizer que conferia, rotulava e pregava na memória a minha exposição (...) Capitu era Capitu, isto é, uma criatura mui particular, mais mulher do que eu era homem.

— O cara era um frouxo.
— Pode ser... mas não esquece que o livro não é narrado na terceira pessoa, pelo escritor... Não é o Machado que escreve, é o próprio Bentinho, um advogado, de cinquenta e oito anos, solitário, morando numa chácara com apenas um criado... entende? Tem de lembrar disso o tempo todo. Tudo que ele fala de Capitu é a opinião dele, para incriminar ela por traição. Então, ele pode ter escrito que ela era mais esperta que ele, e que ele era um frouxo, só pro leitor acreditar que ele era mesmo uma vítima e ela, uma safada.
— Tô sacando. Legal.
— Quer ler um pouco sozinho?
— Não... pra falar a verdade, queria dar um tempo na leitura.
— Já?

— Queria que você me explicasse uma coisa, Lu. Mas não me chama de burro.

— Tudo bem.

— Você já falou de Imperador duas vezes. Eu tô meio por fora. Que diabo de Imperador é esse?

• 10 •
Ondas fortes

— Legal você perguntar, Barrão. Burro não é quem não sabe, é quem não quer saber. Como a gente já viu, eles tavam no ano de 1857, então o Brasil era um Império. D. João VI havia chegado aqui no Rio de Janeiro em 1808, e instalado o Império português no Brasil.

— Isso eu lembro.

— Pois é. Em 1821, D. João VI volta pra Portugal e deixa o filho aqui, D. Pedro I. Em 1822, D. Pedro I proclama a independência do Brasil, e a gente se transforma num Império independente. Em 1831, D. Pedro I abdica e nomeia seu filho, D. Pedro II, como príncipe regente, mas como ele é menor de idade o Brasil é governado por uma Regência Trina Provisória. Mas a coisa não dá certo e, em 1840, D. Pedro II, com quatorze anos, assume o Império do Brasil. Então, no momento em que Bentinho conta sua história, o Imperador do Brasil é D. Pedro II, e tem mais ou menos 31 anos.

— Beleza.

— Acho que você deve dar uma folheada nos livros de História... É um período muito rico, e o Machado vai fazer muitas referências aos fatos da época... a Guerra do Paraguai, as leis de libertação dos escravos, a criação do partido republicano...

— Eu te falei que tô tendo aula particular de História do Brasil. Pode deixar. Valeu.

— Vamos continuar. Agora vem um dos capítulos mais importantes, o trinta e dois.

A cada minuto aumentam a paixão e a ansiedade de Bentinho. Ele surpreende Capitu na sala de sua casa, penteando os longos cabelos. Ela logo pergunta se José Dias já falou com D. Glória. Ainda não.

Bentinho está ali para ver seus olhos. Ele ficara cismado com o que o agregado dissera... olhos oblíquos e dissimulados...

(...) A demora da contemplação creio que lhe deu outra ideia do meu intento; imaginou que era um pretexto para mirá-los mais de perto, com os meus olhos longos, constantes, enfiados neles...

Retórica dos namorados, dá-me uma comparação exata e poética para dizer o que foram aqueles olhos de Capitu. Não me acode imagem capaz de dizer, sem quebra da dignidade do estilo, o que eles foram e me fizeram. Olhos de ressaca? Vá, de ressaca.

— De ressaca? — cortou Barrão. — Por quê?
— Ele explica — e Lu continuou:

(...) Traziam não sei que fluido misterioso e enérgico, uma força que arrastava para dentro, como a vaga que se retira da praia, nos dias de ressaca. Para não ser arrastado, agarrei-me às outras partes vizinhas, às orelhas, aos braços, aos cabelos espalhados pelos ombros; mas tão depressa buscava as pupilas, a onda que saía

deles vinha crescendo, cava e escura, ameaçando envolver-me, puxar-me e tragar-me.

— Ei, o que foi, Barrão? Tá com a cara esquisita.
— Saco. Esse Machado mexe comigo. A Pâmela tem uns olhos verdes deste tamanho, e eu sou amarradão neles, tá ligada? Eu tenho até medo de olhar direto pra eles, e não sabia por quê. Agora sei. Olhos de ressaca. É como o mar brabo. Dá medo, mas é bonito. Dá medo de ser arrastado, mas a gente não vai embora, quer entrar mais pra dentro. Parece mesmo umas ondas que vêm pegar e arrastar...
— E arrastam mesmo. Escuta só o capítulo seguinte.

Bentinho pede para pentear os cabelos de Capitu. Ela dá-lhe as costas, sentada, inclinando a cabeça para trás.

(...) devagar, devagarinho, saboreando pelo tacto aqueles fios grossos, que eram parte dela. O trabalho era atrapalhado, às vezes por desazo, outras de propósito, para desfazer o feito e refazê-lo. Os dedos roçavam na nuca da pequena ou nas espáduas vestidas de chita, e a sensação era um deleite. Mas, enfim, os cabelos iam acabando, por mais que eu os quisesse intermináveis.

Bento diz que terminou de pentear. Capitu não levanta para olhar no espelho. Ao contrário, inclina ainda mais a cabeça para trás. Bento tenta erguê-la, diz que pode machucar o pescoço. Ficam cara a cara, invertidos.

— *Levanta, Capitu!*
Não quis, não levantou a cabeça, e ficamos assim a olhar um para o outro, até que ela abrochou os lábios, eu desci os meus, e...

Grande foi a sensação do beijo; Capitu ergueu-se, rápida, eu recuei até a parede com uma espécie de vertigem, sem fala, os olhos escuros.

— O primeiro beijo... — cortou Barrão.
— Pra mim são os três melhores capítulos do livro. 32, 33, 34... "Olhos de Ressaca", "O Penteado", e o que vem a seguir, "Sou Homem!". Sente só...
Escutam a mãe de Capitu se aproximando, D. Fortunata, e disfarçam. Mas, enquanto Capitu "dissimula" perfeitamente, Bentinho é um constrangimento só.

Como eu quisesse falar também para disfarçar o meu estado, chamei algumas palavras cá de dentro, e elas acudiram de pronto, mas de atropelo, e encheram-me a boca sem poder sair nenhuma. O beijo de Capitu fechava-me os lábios.

— Ei, Lu... se eu entendi o que você falou, Bentinho aproveita o lance pra mostrar como a Capitu é falsa...
— Isso, Barrão. Tá vendo como o Machado vai construindo a intriga? Escuta só como Bentinho se coloca na posição de vítima, dizendo como ele era diferente dela...

Assim, apanhados pela mãe, éramos dois e contrários, ela encobrindo com a palavra o que eu publicava pelo silêncio.

Bentinho vai para casa, tranca-se no quarto.

(...) Tinha estremeções, tinha uns esquecimentos em que perdia a consciência de mim e das coisas que me rodeavam, para viver não sei onde nem como. E tornava

a mim, e via a cama, as paredes, os livros, o chão, ouvia algum som de fora, vago, próximo ou remoto, e logo perdia tudo para sentir somente os beiços de Capitu... Sentia-os estirados, embaixo dos meus, igualmente esticados para os dela, e unindo-se uns aos outros. De repente, sem querer, sem pensar, saiu-me da boca esta palavra de orgulho:
— *Sou homem!*
(...) O gosto que isso me deu foi enorme. Colombo não o teve maior, descobrindo a América...

Bentinho repete três vezes: "Sou homem!"
E, já velho, recordando, conclui que foi aquele primeiro beijo que "inteiramente me revelou a mim mesmo".
— Não é lindo isso? — perguntou Lu.
— Eu já agarrei muita mulher em festa — Barrão confessou. — Beijei à força. A gente fica na porta do banheiro. Quando elas saem, puxa pelos cabelos e beija. Elas empurram e a gente sai rindo. Quem é que vai se meter?
— Que horror. Eu quebrava a tua cara. Cuspia. Mordia a tua boca.
— Mas isso não era beijo. Eu só saquei isso quando beijei a Pâmela pela primeira vez. Foi dum jeito parecido. A gente tava na sala, ela me passando um dever de matemática, sozinhos, aí rolou. Fiquei maluco, que nem o Bentinho. Foi bom demais.
— Entende o que eu falo de cair as máscaras? Quando rola a paixão, a gente "se revela a si mesmo".
— Mas ela agora tá me traindo com outro sujeito, Lu. Tá beijando ele do mesmo jeito que me beijou! Eu não aguento nem pensar nisso! Tenho medo de fazer uma besteira!

— Calma, Barrão. Segura a onda. E eu já disse que ninguém pode dizer que Capitu traiu Bentinho!
— Mas e a Pâmela? Quem garante que a Pâmela não... Isso tá doendo muito, Lu.
E então, de uma maneira estranha, Lu disse apenas:
— Eu sei. Eu sei.
E ficou calada, olhando para o vazio, com o rosto ainda mais pálido e uma expressão muito sofrida.
Barrão ia perguntar o que havia acontecido com ela, mas nesse momento entraram duas meninas para fazer uma pesquisa. Lu disse para ele continuar lendo sozinho, em silêncio, e voltou para sua mesa.

· 11 ·
Flautas amargas

A lembrança do primeiro beijo em Pâmela levou Barrão a um estado de angústia tão profundo que ele achou que não ia aguentar. Cada detalhe da biblioteca se tornava estranho e insuportável. A cadeira, os livros nas estantes, o lápis amarrado por um barbante, os arquivos, tudo parecia prestes a atacá-lo, tudo gritava contra ele.

Obrigou-se a prestar atenção no livro, para escapar dos próprios pensamentos, mas Bentinho estava como ele, ansioso, desarvorado, aflito. Leu:

Ao cabo de cinco minutos, lembrou-me ir correndo à casa vizinha, agarrar Capitu, desfazer-lhe as tranças, refazê-las e concluí-las daquela maneira particular, boca sobre boca.

Bentinho não se decidia.

Ideia só! ideia sem pernas! As outras pernas não queriam correr nem andar.

As de Barrão também não sairiam do lugar.

Não podia agir como estava acostumado. Não com Pâmela. Não podia puxá-la e beijá-la à força. Seus músculos não podiam fazer nada. Leu:

Era ocasião de pegá-la, puxá-la e beijá-la... Ideia só! ideia sem braços! Os meus ficaram caídos e mortos!

Barrão, paralisado como Bentinho, só podia continuar lendo. Também não tinha mais braços nem pernas. Só ideias. Como chegar até Pâmela? Como apagar o passado?
Por que Pâmela não o perdoava? Já se abrira, já dissera que agredira o tio dela por ciúmes, já se desculpara.
Ela não o perdoava porque tinha outro. Isso. Era a melhor maneira de se livrar de Barrão. Ela estava mesmo esperando por isso, que ele pisasse na bola, para acabar com o namoro e ficar com o outro.
Bentinho foi mais forte. As pernas o levaram de volta à casa de Capitu. Tinha só um pensamento. Repetir a cena do beijo. Beijá-la de novo.

Peguei-lhe levemente na mão direita, depois na esquerda, e fiquei assim pasmado e trêmulo. Era a ideia com mãos. Quis puxar as de Capitu, para obrigá-la a vir atrás delas, mas ainda agora a ação não respondeu à intenção. Contudo, achei-me forte e atrevido.

Barrão não. Sentia-se fraco e covarde. O jiu-jítsu não servia para nada.
Mas dessa vez Capitu resistia. Não queria o beijo.
Barrão sentiu uma ponta de alegria. Bem feito. Bentinho insistia.

Penso que ameacei puxá-la a mim. Não juro, começava a estar tão alvoroçado, que não pude ter toda a consciência dos meus atos; mas concluo que sim, porque ela recuou e quis tirar as mãos das minhas; depois, talvez por não poder recuar mais, colocou um dos pés adiante e o outro atrás, e fugiu com o busto. Foi este gesto que me obrigou a reter-lhe as mãos com força. O busto afinal cansou e cedeu, mas a cabeça não quis ceder também, e, caída para trás, inutilizava todos os meus esforços, porque eu já fazia esforços, leitor amigo.

Capitu era mais forte que Bentinho. Mas Barrão era muito mais forte que Pâmela. Se ele quisesse, puxava-a à força, agarrava Pâmela pelos ombros. Mas ele não queria assim, não podia...

Ficamos naquela luta, sem estrépito, porque apesar do ataque e da defesa, não perdíamos a cautela necessária para não sermos ouvidos lá de dentro; a alma é cheia de mistérios. Agora sei que a puxava; a cabeça continuou a recuar, até que cansou; mas então foi a vez da boca. A boca de Capitu iniciou um movimento inverso, relativamente à minha, indo para um lado, quando eu buscava o lado oposto.

O que impedia Barrão de agir como sempre? Quando ele queria uma coisa, ia lá e tomava. Era um lutador. Para isso tinha tantos músculos. Por que não resolvia o ciúme socando todo mundo? O que estava acontecendo com ele? Não se reconhecia. Até Bentinho parecia mais forte, mais decidido.

(...) não tive tempo de soltar as mãos da minha amiga; pensei nisso, cheguei a tentá-lo, mas Capitu, antes que o pai acabasse de entrar, fez um gesto inesperado,

pousou a boca na minha boca, e deu de vontade o que estava a recusar à força. Repito, a alma é cheia de mistérios.

Barrão levantou, apoiou os braços na parede, alongou os músculos das coxas. Tornou a sentar e a ler. Precisava se concentrar. Lembrou-se da prova, dos problemas com a polícia.

Diante do pai, enquanto Bentinho "tinha a língua atada" de constrangimento, Capitu mentiu com a maior naturalidade. O Bentinho de tempos depois, que escrevia as memórias, voltava a insinuar que ela era dissimulada e, fazendo-se de vítima, afirmava ter inveja.

O segundo beijo deixou Bentinho ainda mais desesperado quanto ao futuro como padre. Tão ansioso, que resolveu falar diretamente para a mãe que não tinha vocação para seminarista.

D. Glória foi irredutível:

— Nosso Senhor me acudiu, salvando a tua existência, não lhe hei de mentir nem faltar, Bentinho; são coisas que não se fazem sem pecado, e Deus que é grande e poderoso, não me deixaria assim, não, Bentinho; eu sei que seria castigada e bem castigada.

Iria para o seminário, sim. Dali a dois ou três meses.

No dia seguinte Bentinho foi dar a notícia triste a Capitu.

Ela primeiro fica furiosa, depois começa a brincar com o assunto. Bentinho entra na onda, diz que ser padre não será tão ruim. Os dois começam um "duelo de ironias", e ele acaba pedindo que ela prometa duas coisas: que só se confessará com ele; e que ele seja o padre que a casará.

A brincadeira custou caro a Bentinho. A resposta de Capitu o deixou arrasado:

— *Não, Bentinho, disse, seria esperar muito tempo; você não vai ser padre já amanhã, leva muitos anos... Olhe, prometo outra coisa; prometo que há de batizar o meu primeiro filho.*

Aquilo arrasou também Barrão.
E mais uma vez Machado colocou em palavras o que Barrão sentia:

Percorreu-me um fluido. Aquela ameaça de um primeiro filho, o primeiro filho de Capitu, o casamento dela com outro, portanto, a separação absoluta, a perda, a aniquilação, tudo isso produzia um tal efeito, que não achei palavra nem gesto; fiquei estúpido. Capitu sorria; eu via o primeiro filho brincando no chão...

Estúpido. Era assim que se sentia.
E apavorado diante daquelas palavras: separação absoluta, perda... Apertou a própria cabeça com força.
Não queria ler mais nada.
Ouviu as duas meninas terminarem a pesquisa e saírem da biblioteca. Olhou para Lu. E então aconteceu uma coisa estranha. Ela estava de cabeça baixa, fazendo anotações numa das fichas, quando seu corpo foi tombando lentamente para a frente... e desmaiou sobre a mesa!

Ele a acordou passando água em sua testa, depois colocou a mão direita na nuca de Lu e a mandou forçar a cabeça para trás. Aquilo a reanimou.

— Pressão baixa, não é? — ele disse.
— É. Eu tenho isso às vezes. Já tô legal. O que você fez?
— A gente aprende isso na academia. Às vezes o cara desmaia depois de um golpe...
— Não comi nada até agora. Deve ter sido isso.
— Mas já são quase quatro horas!
— Ando sem fome.
— Por quê? Tá doente?
— Tô com uns problemas... Mas não te interessa, Barrão. E aí, já terminou de ler? Alguma dúvida?
— Já. Vou dar um tempo. Esse Machado tá me deixando maluco. Vem cá, não é você que diz que a gente deve se abrir, conversar?
— Não enche. É um assunto meu.
— Então vamos descer lá na cantina. Vamos comer um cachorro-quente.
— Sou vegetariana.
— É. Só podia ser. Irritada desse jeito. Mas vamos lá assim mesmo. A gente tira a salsicha.

Lu desceu muda, e muda permaneceu, comendo um cachorro-quente só com o molho de tomate, cebola, milho e batata frita, e tomando um suco de laranja.

— Eu também ando preocupado — disse Barrão. — Minha mãe tá muito mal de grana.
— O que ela faz?
— Pois é, coitada. Ela trabalhava com *software*, mas as coisas deram errado, passou para *hardware*... Agora tá no *tupperware*.

Era uma piada. Lu riu.

Foi nesse momento que Pâmela passou.

Pâmela também ria. Estava com Paulão. Os dois riam e carregavam estojos de flauta e cadernos com partituras. Não viram Barrão. Ele sabia que Pâmela frequentava as aulas de música na escola, às quintas-feiras à tarde. Só não sabia que Paulão também tocava. Paulão não havia dito nada a ele.

O problema é que Paulão era seu melhor amigo.

Barrão ficou pregado na cadeira, apertando o saleiro como se fosse um pescoço.

· 12 ·
A luta do século

Naquele dia Barrão não foi à academia.

Chegou em casa, deitou em sua cama e não teve mais ânimo para levantar. O mundo o achatou. Seu corpo era um feixe de nervos, prontos a explodir. Tinha muita sede. A boca seca.

Fez cem flexões e trezentas abdominais, para se acalmar, mas não funcionou.

Paulão.

Paulão era mais velho que ele dois anos, e um casca-grossa, lutador de jiu-jítsu como ele, uma faixa à sua frente. Treinava em outra academia, mas a afinidade da luta os aproximou na escola e viraram amigos. Amigos de festas, de agitos, de fins de semana na praia, de torneios de jiu-jítsu.

Agora estava tudo claro. Paulão e Pâmela.

Tudo claro. Por que Paulão não disse que frequentava as aulas de música? Porque estava saindo com a namorada do amigo! O curso era à tarde. Os dois nunca iam imaginar esbarrar com Barrão ali. Mas toda a escola sabia!

Hipócrita! Dissimulada! Tudo que ela queria era uma boa desculpa para se separar dele, e evitar uma briga feia!

Mas aquilo não ficaria assim. Ele ia explodir. Que se danassem a polícia, os pais, a escola! Não tinha medo do Paulão. A luta do século! Iam se enfrentar no pátio do colégio! Para todo mundo assistir! A maior luta de todos os tempos!

Imaginou os golpes que daria, as torções, o estrangulamento... Contaria até três, mas não ia parar. Ia matar o Paulão.

Paulão beijando Pâmela na boca.

Barrão fechou os olhos e viu a cena. Xingou Pâmela de maria-tatame! Não adiantou. Os dois continuaram se beijando. Barrão levantou e acertou um soco no guarda-roupa. A madeira rachou. Novo soco. A porta do armário partiu ao meio, estilhaçando o espelho pregado na parte de dentro. Não parou. Chutou a outra porta. Um, dois, três chutes e ela afundou, pedaços de madeira entre as roupas. Ele arrancou tudo e atirou contra a parede.

Sua mãe começou a gritar no corredor, para ele abrir a porta. Barrão atirou um pote de vidro cheio de canetas no teto, partiu o cabideiro ao meio, abriu a porta e gritou para ela o deixar em paz. A mãe correu para a cozinha, e ele voltou a se trancar no quarto. Deitou e chorou.

Na tarde seguinte Barrão e Lu se encontraram novamente na biblioteca, e não se podia dizer qual deles estava pior.

Ele tinha olheiras profundas e a expressão apatetada. Lu estava amarela, com os olhos fundos de quem já não sabia o que era dormir há dias.

— Que cara... — ela comentou.

— Briguei com o meu armário. Arrebentei ele todo.

— O amante da Pâmela tava lá dentro?

— Não tô pra brincadeira hoje.

— Nem eu. Pega o livro e lê.

Barrão sentou-se e voltou ao *Dom Casmurro*.

Invejava Bentinho. Ele tinha lá seus problemas, o seminário, mas pelo menos Capitu estava com ele. Capitu e Bentinho se mostravam apaixonados. Fizeram uma promessa, à beira do poço, no capítulo XLVIII:

> *(...) juremos que nos havemos de casar um com o outro, haja o que houver.*

Meses depois ele era mandado para o seminário de São José.
Ninguém, nem José Dias, conseguira convencer D. Glória do contrário.
Para espanto de Bentinho, a reação de Capitu foi a de se aproximar de D. Glória, de tornar-se sua "filha". As duas se adoravam. Seria uma amizade sincera, ou mais uma dissimulação de Capitu?
Na despedida...

> *Juramos novamente que havíamos de casar um com outro, e não foi só o aperto de mão que selou o contrato, como no quintal, foi a conjunção das nossas bocas amorosas...*

Se Barrão encontrasse Bentinho era capaz de socá-lo, só para o personagem deixar de ser tão feliz e apaixonado. Ainda bem que ele ia sofrer depois. Lu tinha dito que a história acabaria mal.
A escrita envolvente de Machado fez Barrão mergulhar na leitura. Gostou. Descobriu que ler podia ser tão relaxante quanto duzentas flexões. Durante quase uma hora foi capaz de esquecer seus problemas. Até chegar ao capítulo LVI...
Foi então que entrou em cena um colega de Bentinho do seminário: Ezequiel de Souza Escobar.

Era um rapaz esbelto, olhos claros, um pouco fugitivos, como as mãos, como os pés, como a fala, como tudo. (...) O sorriso era instantâneo, mas também ria folgado e largo. (...) Era mais velho que eu três anos...

Paulão.
Escobar se tornaria o melhor amigo de Bentinho.
Paulão.

Escobar veio abrindo a alma toda, desde a porta da rua até o fundo do quintal. A alma da gente, como sabes, é uma casa assim disposta, não raro com janelas para todos os lados, muita luz e ar puro. Também as há fechadas e escuras, sem janelas ou com poucas e gradeadas, à semelhança de conventos e prisões. (...)
Não sei o que era a minha. Eu não era ainda casmurro, nem dom casmurro; o receio é que me tolhia a franqueza, mas como as portas não tinham chaves nem fechaduras, bastava empurrá-las, e Escobar empurrou-as e entrou. Cá o achei dentro, cá ficou, até que...

Barrão fechou o livro e o jogou no chão.
Lu olhou para ele:
— Estamos num mau dia, hein?!
— Péssimo.
Lu pegou o livro do chão e o devolveu a ele.
— Machado de Assis não tem culpa.
— Tem sim — ele disse. — Ele tinha de enfiar o melhor amigo do cara na história logo hoje?!
— Escobar?
— É! É!

Barrão abriu o livro e mostrou a ela o capítulo. Lu folheou algumas páginas adiante e o consolou:

— Continua a ler sozinho. Escobar não vai voltar tão cedo. Você precisa adiantar a leitura. Tá atrasado.

Ela sabia ser maternal quando era preciso, ou então estava sem energia para maltratá-lo. Barrão continuou a ler. Agora Machado descrevia as saudades de Bentinho, afastado de Capitu, no seminário. Saudades também carnais, delírios eróticos. Isso não fez muito bem a Barrão, mas ele conseguiu ir adiante. Até chegar ao capítulo LXII, chamado "Uma Ponta de Iago".

— Lu.

— Que foi?

— Entrou um personagem novo aqui. Quem é Iago?

— Não é personagem do Machado.

— Então o que é que ele tá fazendo no livro?

— É um personagem do Shakespeare, de uma peça chamada *Otelo, o mouro de Veneza*. Conhece?

— Não.

— É uma peça sobre o ciúme. Otelo é um general mouro, que mata sua esposa Desdêmona por causa das intrigas do traidor Iago. Ele mata Desdêmona por ciúmes, mas ela é inocente. Como eu acho que Capitu é.

— Você acredita mesmo que a Capitu não traiu esse otário?

— Acredito. E otário é você, que já tá acreditando nesse safado do Bentinho.

— Safado? Mas o cara é um pastel!

— Pastel? Ele tá te enganando, sua besta!

— Tá legal. Deixa eu continuar a ler.

O Iago de Bentinho era José Dias. Um Iago involuntário, já que o agregado não tinha intenção de prejudicar nem de insuflar ciúmes. Queria apenas arranjar um jeito de passear pela Europa, e falava demais.

No capítulo anterior, José Dias, visitando Bentinho no seminário, aconselhara-o:

— Já, já, não, mas eu hei de avisar você para tossir, quando for preciso, aos poucos, uma tossezinha seca, e algum fastio...

Daquela maneira persuadiriam D. Glória de que o menino estava ficando tuberculoso, com aqueles estudos para padre.
Bentinho não desgostou da ideia, mas fez a pergunta fatal:

— Capitu como vai?

É aí que surge a "ponta de Iago" em José Dias.
Sua resposta acende involuntariamente o ciúme em Bentinho:

— Tem andado alegre, como sempre; é uma tontinha. Aquilo enquanto não pegar algum peralta da vizinhança, que case com ela...

O mesmo José Dias já chamara seu olhar de oblíquo e dissimulado...

Estou que empalideci; pelo menos, senti correr um frio pelo corpo todo. A notícia de que ela vivia alegre, quando eu chorava todas as noites, produziu-me aquele efeito, acompanhado de um bater de coração, tão violento, que ainda agora cuido ouvi-lo (...) um sentimento cruel e desconhecido, o puro ciúme, leitor das minhas entranhas. Tal foi o que me mordeu, ao repetir comigo as pa-

lavras de José Dias: "Algum peralta da vizinhança". (...) nunca me acudiu que havia peraltas na vizinhança, vária idade e feitio, grandes passeadores das tardes. Agora lembrava-me que alguns olhavam para Capitu, — e tão senhor me sentia dela (...) se ela vivia alegre é que já namorava a outro...

E o que foi que Barrão vira no dia anterior? Pâmela alegre. Rindo com Paulão.

Barrão fechou o livro com violência.

— Chega! Não aguento mais! Vou ficar maluco!

Estavam sozinhos na biblioteca. Lu veio sentar-se ao lado dele.

— Quer que eu continue a leitura?

— Quero que o Machado morra!

— Já tá morto há quase duzentos anos.

— Ele vai me deixar doido. Bentinho sou eu!

— Não é não. Calma. O que foi dessa vez?

Barrão contou tudo. Sobre Paulão, sobre como se sentia, o desespero, a destruição do armário...

— Você viu o jornal na tevê ontem, Lu?

— Eu não assisto tevê.

— Você é outra maluca! Até hoje ainda aparece a porcaria da fita da câmera de vídeo do *shopping*. Lá tô eu espancando o boiola... Eu sei que não posso me meter em confusão, já tô ferrado. Agora, depois do que eu fiz no meu quarto ontem à noite, minha mãe e meu pai tão falando em me internar numa clínica psiquiátrica. O advogado que me defende até achou boa ideia. Declarar insanidade.

— É, você tá numa fase ruim. De tudo isso, sabe o que mais me impressiona?

— O quê?

— Você continua chamando o cara de boiola.
— E não é o que ele é?
— Você não vai aprender nada com tudo isso?
— Vou. Nunca mais espanco um boiola na frente de uma câmera de vídeo.
— É isso que me deixa impressionada. Você é um idiota completo.
— Tava demorando.
— Você não respeita os outros! Não respeita as diferenças! Não sabe que os outros sentem dor? Não passa pela tua cabeça que o tio dela tem razão? Você é um troglodita perigoso que merecia mesmo ir preso! Ou internado numa clínica psiquiátrica!
— Para com isso, Lu.
— Tá só querendo se safar dessa, não é? E continuar a ser o mesmo estúpido! Passar nas provas, enrolar a justiça com a ajuda do papai, tentar ganhar a Pâmela novamente, fazer a mamãe gostar de novo do filhinho... Você é um fraco, cara!
— Fraco? Com esses músculos definidos? Olha só, gata. Você tá o quê? Com pena do tio da Pâmela? Por que é que ele não malha, como eu? Por que não aprende a lutar? Se ele deixasse de ser boiola, se fosse macho...
— Ah, deixa eu ver se entendi. Então é malhando e frequentando uma academia de luta que um homem adquire sua masculinidade? Se não malhar e ficar forte pode pintar alguma dúvida...
— Tu é muito chata, tá ligada? Distorce tudo o que a gente...
— Vou te dizer como eu vejo as coisas. Você tá construindo o teu corpo pra isso significar pra você e pros outros que aí dentro habita um macho.
— É. Pode ser isso sim. E daí?

— Teu corpo é uma vitrine. Você passa na rua expondo a tua agressividade. Um corpo desses é uma provocação, cara, uma violência simbólica, uma expressão de dominação...

— Nem sei do que você tá falando.

— Qual é a mensagem que esse monte de músculos aí quer passar? "Cuidado comigo", "Eu acredito é na violência"...

— E se for?

— O mínimo que você tem de saber é que tá construindo esse corpo. Esse teu corpo aí não é normal.

— Não é normal mesmo! É superior! É mais forte!

Lu olhou bem nos olhos de Barrão, e perguntou:

— Não é normal, não. Você toma anabolizante, não toma?

— Não. Nunca tomei.

— Tudo bem. Mas por que os corpos fracos te incomodam, Barrão?

— Para com isso.

— Me diz, você sabe de verdade por que tá construindo esse corpo aí?

Barrão levantou e foi embora.

• 13 •
Mãe santa

Ele não aguentava mais. Ia explodir.

Foi direto para a academia. Malhou durante horas, aumentou os pesos, depois foi para o tatame. Lutou como um alucinado. Enfrentou vários adversários, apanhou, bateu. Recebeu elogios. Era bom estar num lugar onde prestigiavam os músculos e a violência. O que aquela fresca da Lu entendia de corpos? Magra daquele jeito. Parecia uma vela acesa, branca e com a cabeça quente.

De lá foi para o apartamento do professor de História, ter aula particular. Fez um esforço tão grande para prestar atenção que saiu com dor de cabeça e com vontade de bater em todos os donatários das malditas capitanias hereditárias.

Quando afinal chegou em casa, encontrou sua mãe chorando. Aquilo acabou de arrasá-lo. Ela não queria falar com ele, trancou-se no quarto, e Barrão soube, com grande tristeza, que sua mãe tinha medo dele.

Tomou banho, esquentou outra lasanha no micro-ondas, e assim que terminou recebeu um telefonema de seu pai. Ele já sabia da crise da véspera, do que fizera com o armário, e aos gritos avisou que já estava providenciando um psiquiatra, e que na próxima Barrão seria internado numa clínica.

Barrão desligou o telefone com a mão tremendo. Bateu na porta do quarto da mãe, precisava desesperadamente falar com ela. Bateu na porta com força demais. A mãe achou que ele podia estar tendo uma nova crise e gritou apavorada que, se ele insistisse, ela ia chamar a polícia.

Barrão foi para o quarto, num estado de aflição tão angustiante que deitou na cama e sentiu seu corpo endurecer, como se os músculos estivessem se petrificando, a respiração foi ficando difícil, sentiu-se sufocar.

Levantou, andou sobre o tapete, aspirando o ar com força; as pernas fraquejaram, ele caiu, dobrou os joelhos, abraçou as pernas e percebeu que não tinha ninguém para ajudá-lo, que estava completamente sozinho. Dentro de um corpo estranho.

Não adiantava fechar os olhos.
O medo não passava.

— Oi, Lu.
— Oi. Pensei que você não voltaria mais.
— Posso te pedir uma coisa?
— Fala, Barrão.
— Me ajuda.

Barrão tinha rugas verticais profundas entre os olhos. O corpo musculoso parecia flácido, sem energia, como um pneu deixando escapar o ar aos poucos.

— Cara, desculpa, eu falei demais ontem... — ela sentiu-se culpada, ia continuar, mas Barrão a interrompeu.
— Não, Lu. Não pede desculpa. É o contrário. Eu ontem tive uma... Sei lá... Não sobrou mais nada... A única coisa que me faz bem é vir aqui. Você me ajuda?
— Claro, Barrão. Mas não sei como.
— Só ficando normal. Sendo você mesma.

— Então, tá bom. Aconteceu mais alguma encrenca?
— O mundo tá desabando. Eu achei que era forte, mas sou fraco pra caramba. Você tem razão.
— O que você quer que a gente faça?
— Nada. Vamos só continuar a leitura do *Dom Casmurro*. Você lê pra mim?

Na calma da biblioteca vazia, naquela manhã de sábado, Lu continuou a leitura do livro. Por instantes Barrão lembrou de sua mãe lendo para ele antes de dormir, e aquilo o confortou. Havia passado a noite em claro, a angústia virando-o de um lado para o outro na cama. Sua mãe não tinha aparecido para ler uma história. Ela estava com medo de ser agredida. Ele pensou que devia estar ficando louco mesmo. E os trechos do livro continuavam a se encaixar estranhamente no que lhe acontecia.

Nunca dos nuncas poderás saber a energia e obstinação que empreguei em fechar os olhos, apertá-los bem, esquecer tudo para dormir, mas não dormia.

Era o desespero de Bentinho imaginando Capitu feliz, sendo paquerada pelos "peraltas".
O livro revivia o ciúme de Barrão, revolvia sua raiva, seu instinto agressivo. Ouvia, com os punhos cerrados.
Bentinho vai passar o fim de semana em casa.

Minha mãe depois que lhe respondi às mil perguntas que me fez sobre o tratamento que me davam, os estudos, as relações, a disciplina, e se me doía alguma coisa, e se dormia bem, tudo o que a ternura das mães inventa para cansar a paciência de um filho...

Barrão conseguira transformar a ternura materna em medo.

Bentinho afinal revê Capitu. Ela tinha sido aceita na casa, transformara-se em grande amiga de D. Glória. E quando perguntavam a ela se não achava que Bentinho daria um bom padre, ela afirmava que sim, com toda sinceridade, e que já haviam até combinado que ele seria o padre que a havia de casar.

A sós com Capitu, Bentinho disse que se assustava com toda aquela "sinceridade", que parecia verdadeira demais, e que, fora isso, também não gostava nada de saber que ela estava feliz, enquanto ele...

(...) vivia curtido de saudades.

Capitu explicou a Bentinho a estratégia que deveriam usar, que ele acabou entendendo:

(...) devíamos dissimular para matar qualquer suspeita, e ao mesmo tempo gozar toda a liberdade anterior, e construir tranquilos o nosso futuro.

— Repara como ele se mostra ingênuo — Lu interrompeu. — Quantas vezes diz pro leitor como Capitu era dissimulada... Ele aceita os argumentos dela e é "levado a mentir também". E "leva" o leitor à desconfiança: Capitu é sincera ou não?

Quando Bentinho volta ao seminário, D. Glória adoece, e pede a Capitu que lhe sirva de enfermeira, tão apegada estava à menina.

As febres pioram, há risco de vida, a mãe manda chamar o filho:

— *(...) mandem buscá-lo! Posso morrer, e a minha alma não se salva, se Bentinho não estiver ao pé de mim.*

No caminho de volta à casa, tem um pensamento odioso:

"Mamãe defunta, acaba o seminário".
Leitor, foi um relâmpago. Tão depressa alumiou a noite, como se esvaiu, e a escuridão fez-se mais cerrada, pelo efeito do remorso que me ficou. Foi uma sugestão da luxúria e do egoísmo. A piedade filial desmaiou um instante, com a perspectiva da liberdade certa, pelo desaparecimento da dívida e do devedor...

Lu olhou para Barrão. As mãos dele tremiam, e seu rosto era uma máscara de angústia.

— O que foi?

— Nada — ele tentou disfarçar, mas o corpo todo tremeu, e as mãos agarraram as bordas da mesa. — Lu, eu tô com medo.

— É natural, cara. Tua situação é...

— Não é da situação, não. Tô com medo de mim.

— Como assim?

— Eu não sei ter calma, Lu. Meu lance sempre foi resolver os problemas na porrada. E ninguém tinha peito pra me dizer que eu tava errado. Só você.

— É. Eu ando meio suicida.

— Na noite em que eu quebrei o armário, se minha mãe não se tranca no quarto, não sei...

— Você mora com ela, sozinho? É filho único?

— Sou.

— É ela que te sustenta, não é? Te dá de tudo...

— É.

— Cara, sabia que os maiores ciumentos são os filhinhos de mamãe?

— Dá um tempo, Lu. Eu não tô legal.

— Você não disse que eu sou a única que te diz a verdade?

— Tudo bem, mas pega leve. Eu ando "meio assassino".

— O Bentinho também era um filhinho de mamãe, reparou? Pra ele, a mãe era uma santa. Você vai ver o que ele manda escrever no túmulo dela, no final do livro. E, quando o filho acha a mãe uma santa, é porque todas as outras mulheres não prestam, e é preciso desconfiar delas.

— Você tem uns pensamentos bem malucos.

— Isso tá nos livros, cara — Lu apontou para as estantes. — As pessoas pensam, sabia? Procuram entender a vida. E sabe por quê? Porque a maioria dos problemas, os que importam de verdade, ninguém consegue resolver na porrada. Você não pode resolver os problemas com a tua mãe estrangulando ela, pode? Entende pra que serve a literatura, sua besta? Analisa o Bentinho e você vai estar analisando você mesmo... filhinho de mamãe, crescido na elite do Rio de Janeiro, um sentimento de impunidade... Acha que as mulheres são pecadoras, a não ser a sagrada sua mãe...

— Não exagera!

— D. Glória é a própria Virgem, como diz José Dias. Escobar e Bentinho vão repetir o tempo todo que ela é uma santa, que quer sacrificar o próprio filho, que tanto ama, a Deus. E quem é Capitu? Uma vizinha bonita, sensual, dissimulada, mentirosa, com olhos de ressaca; o mundo da carne, que vem para tentar o bom menino. Capitu enfrenta desde o início D. Glória. É ela quem vai livrar Bentinho da mãe. Mas Bentinho é um fraco, um idiota, um filhinho de mamãe, que vai inventar a traição de Capitu pra continuar ligado à mãe. Inventa o ciúme pra continuar ligado à mãe!

— Você tá viajando...

— Se a Pâmela te fizesse a mesma pergunta que Capitu fez a Bentinho, "se você tivesse de escolher entre mim e sua mãe, a quem é que escolhia", o que você responderia?

Barrão coçou a cabeça raspada, e acabou dizendo:

— Isso não é pergunta que se faça. Não tem nem o que escolher. Namorada a gente arranja outra, mas mãe é só uma.

Lu chegou a rir.

— Cara, você é demais. Parece até uma caricatura. Se fosse personagem de um livro, iam dizer que o autor não tinha imaginação, que só trabalhava com estereótipos. Pra ser um idiota completo só te faltava ter um *pitbull*.

— Tentei comprar, mas a minha mãe não gosta de cachorro.

· 14 ·
Enganando Deus

Bentinho se livrou do remorso pedindo perdão a Deus por ter desejado a morte da mãe, agradecendo a Ele o restabelecimento da saúde de D. Glória. Aproveitou também para pedir o perdão da dívida das milhares de orações, das antigas promessas. Tinha tanto remorso e tanta fé que se julgou perdoado por tudo.

Era um domingo. Chegando em casa, recebeu a visita de Escobar.

Ao ler o nome do melhor amigo de Bentinho, Barrão ficou alerta.

Era sua primeira visita. Escobar ficou para almoçar. Os familiares de Bentinho o adoraram. Na despedida, no portão...

(...) Separamo-nos com muito afeto: ele, de dentro do ônibus, ainda me disse adeus, com a mão. Conservei-me à porta, a ver se, ao longe, ainda olharia para trás, mas não olhou.

— Que amigo é esse tamanho? perguntou alguém de uma janela ao pé.

Não é preciso dizer que era Capitu.

Era a primeira vez que ela via o melhor amigo de Bentinho. Nesse instante passa um cavaleiro pela rua...

(...) um dandy, como então dizíamos. Montava um belo cavalo alazão, firme na sela, rédea na mão esquerda, a direita à cinta, botas de verniz, figura e postura esbeltas (...) Era uso do tempo namorar a cavalo. (...) O cavaleiro não se contentou de ir andando, mas voltou a cabeça para o nosso lado, o lado de Capitu, e olhou para Capitu, e Capitu para ele; o cavalo andava, a cabeça do homem deixava-se ir voltando para trás. Tal foi o segundo dente do ciúme que me mordeu.

O mesmo ciúme que cravou os dentes em Barrão. Chegou a fechar os olhos. O ciúme se alimenta de pequenas imagens. Barrão apresentando Pâmela a Paulão, numa festa... um aperto de mão demorado demais... sorrisos...
Bentinho não disse nada. Correu para casa.

(...) A vista de José Dias lembrou-me o que ele me dissera no seminário: "Aquilo enquanto não pegar algum peralta da vizinhança que case com ela..." Era certamente alusão ao cavaleiro.

Mas o ciúme de Bentinho estava apenas começando. Ainda duvidava. Pensou se não seriam justamente as palavras de José Dias que o haviam deixado predisposto contra o cavaleiro no alazão.
Não quis falar com José Dias. Fugiu.

Escapei ao agregado, escapei a minha mãe não indo ao quarto dela, mas não escapei a mim mesmo. Corri ao meu quarto, e entrei atrás de mim. Eu falava-me, eu per-

seguia-me, eu atirava-me à cama, e rolava comigo, e chorava, e abafava os soluços com a ponta do lençol.

Assim começava o capítulo LXXV. Se pudesse, Barrão também fugiria de si mesmo. Mas não podia. Tinha de virar as páginas, tinha de continuar a ler.
No dia seguinte Bentinho abre o jogo com Capitu, acusa-a de olhar o cavaleiro. Ela chora e o deixa arrasado. Ele pede perdão. Ela diz que...

(...) Se olhara para ele, era prova exatamente de não haver nada entre ambos; se houvesse, era natural dissimular.

Aquilo era o ciúme. Era o que Barrão sentia. Tudo podia ser e não ser. A dúvida. Todo argumento podia ser verdadeiro ou falso.
Bentinho termina ouvindo uma ameaça de Capitu:

(...) à primeira suspeita de minha parte, tudo estaria dissolvido entre nós.

Pâmela foi mais cruel que Capitu. Não deu uma segunda chance. Barrão não podia falar com mais ninguém. Só com Lu, mas Lu era maluca.
Forçou-se a continuar lendo. O capítulo LXXVIII o deixou muito irritado.

De resto, naquele mesmo tempo senti tal ou qual necessidade de contar a alguém o que se passava entre mim e Capitu. Não referi tudo, mas só uma parte, e foi Escobar que a recebeu.

Barrão deu um murro na mesa. Bentinho era muito burro! Lu o mandou ficar quieto. Ele obedeceu. Voltou ao livro. Leu as confidências de Bentinho a seu melhor amigo. Por fim, Escobar o aconselhava a não se tornar padre, e a ficar com a mulher que amava.

Bentinho fica tão contente com o conselho que começa a descrever Capitu, a falar de suas qualidades, e acaba insistindo para que Escobar conheça Capitu.

Barrão ficou numa agonia terrível. Era como se ele mesmo estivesse cometendo a maior estupidez de sua vida. Tinha vontade de enfiar a cara dentro do livro e gritar para Bentinho não fazer aquilo! Não apresentar os dois um ao outro!

Continuou a ler, para saber como seria o encontro de Capitu com Escobar, mas Machado fugiu do assunto.

Bentinho chamou D. Glória, mais uma vez, de santa, como Lu prevenira, e começou a notar que a mãe já fraquejava um pouco na disposição de cumprir a promessa. O seminário afastaria o filho. Não lhe traria netos. Ela já sentia...

(...) saudades prévias, a mágoa da separação (...)
Um cochilo da fé teria resolvido a questão a meu favor, mas a fé velava com os seus grandes olhos ingênuos. Minha mãe faria, se pudesse, uma troca de promessa, dando parte dos seus anos para conservar-me consigo, fora do clero, casado e pai...

Capitu contribuiu muito para a mudança de D. Glória.

Sucedeu que a minha ausência foi logo temperada pela assiduidade de Capitu. Esta começou a fazer-se-lhe necessária. Pouco a pouco veio-lhe a persuasão de que a pequena me faria feliz.

Estratégia de uma pessoa calculista ou amizade sincera? Machado todo o tempo revestia Capitu de dúvidas.

Mas a mãe de Bentinho era extremamente católica, e não arredava pé da promessa.

Barrão teve inveja de Bentinho. Falsa ou não, Capitu lutava por ele. Pâmela faria isso? Barrão talvez nunca soubesse.

Machado não voltava a falar sobre Escobar.

Bentinho vai atrás de Capitu, que está cuidando de uma amiga doente, chamada Sancha. Na casa da amiga, conhece o pai de Sancha, um tal de Gurgel, que mostra o retrato da mulher morta e pergunta se ela não se parece com Capitu. Bentinho concorda, para ser simpático. O homem diz que não são raras de acontecer essas...

(...) semelhanças assim esquisitas.

Aquilo não tinha nada a ver com a história, e deixou Barrão nervoso.

Esticou as pernas, endureceu os bíceps, alongou a coluna torcendo o corpo para trás. Voltou a ler. Agora Machado vinha com uma história ainda mais estranha, sobre um rapaz com lepra tendo uma morte horrível, que faz Bentinho concluir que sua vida era ótima.

Capítulo XCII.

Escobar finalmente volta a entrar na história. Um jantar.

Ele era inteligente. Interessava-se por tudo. E tinha uma facilidade espantosa para a aritmética: multiplicava e somava de cor, fazia divisões com números de...

(...) sete, treze, vinte algarismos.

Ele quer mostrar isso a Bentinho:

— *Por exemplo... dê-me um caso, dê-me uma porção de números que eu não saiba nem possa saber antes... olhe, dê-me o número das casas de sua mãe e os aluguéis de cada uma, e se eu não disser a soma total em dois, em um minuto, enforque-me!*

É claro que Escobar acertou a conta, mas aquilo não interessava nada a Barrão. Ele queria era ver como ele e Capitu agiram. Queria saber como fazem dois amantes para enganar o melhor amigo e o namorado. Mas Machado não tratava disso.

José Dias aparece no seminário. Ele também notara que a fé de D. Glória na carreira de padre para o filho já fraquejava.

Minha mãe, ao parecer dele, estava arrependida do que fizera, e desejaria ver-me cá fora, mas entendia que o vínculo moral da promessa a prendia indissoluvelmente.

José Dias vinha contar a grande ideia que tivera. Pedir a absolvição da promessa ao próprio Papa. Pessoalmente.

Bentinho viu logo que o agregado não desistia da ideia de viajar à Europa.

Afinal, quem resolveu o problema foi Escobar:

— *Sua mãe fez promessa a Deus de lhe dar um sacerdote, não é? Pois bem, dê-lhe um sacerdote, que não seja você. Ela pode muito bem tomar a si algum mocinho órfão, fazê-lo ordenar à sua custa, está dado um padre ao altar, sem que você...*

· 15 ·
Solução

De um modo estranho, aquela solução doeu em Barrão. Estava gostando da agonia de Bentinho. Não queria que tudo terminasse bem para ele. Não queria que ele ficasse com Capitu, já que a Pâmela... Mas não era só isso. Mostrar o amante como mais inteligente, mais esperto... Paulão era isso?

Lu viu o olhar perdido e angustiado de Barrão, e comentou:

— Que foi? Empacou de novo?

— Nada... — Barrão disfarçou. — É que o tal Escobar acaba de descobrir um jeito de tirar o Bentinho do seminário.

— Ah, a história do órfão. Essa ideia Machado deve ter tirado de um procedimento comum na época. Os rapazes ricos pagavam para os rapazes pobres prestarem o serviço militar no lugar deles.

— Pô, que bandalha.

— É um outro tema desse livro: "Mãe promete filho a Deus e todos conspiram contra Ele, tentando enganá-Lo". Machado era anticlerical.

— Também? Coitado.

— Coitado por quê?

— Eu li que ele era epiléptico.

— Anticlerical não é doença, sua besta. É o sujeito que é contrário à Igreja.

— Ah, tá.

— Ele era epiléptico sim, e escreveu seus livros mais importantes depois de quarenta dias de internação num sanatório. Os críticos dizem que ele entrou um e saiu outro.

— Como é que é?

— Antes ele escrevia livros românticos. Depois da internação, com quarenta anos, mudou. Voltou diferente, com um estilo só dele, fora de qualquer corrente literária. Já não tinha os excessos sentimentais dos românticos, nem a frieza dos naturalistas. Passou a escrever romances psicológicos, denunciando a hipocrisia da elite, com personagens comuns, cheios de sentimentos contraditórios, egoístas, que tinham medo da opinião dos outros. Voltou pessimista e cínico. Mas com um humor incrível. Conversando com o leitor. Deixando claro que a história tá sendo contada, que a gente tá lendo um livro...

— Tá. Então deixa eu ler.

No capítulo seguinte tudo se arranjou.

(...) Minha mãe hesitou um pouco, mas acabou cedendo, depois que o padre Cabral, tendo consultado o bispo, voltou a dizer-lhe que sim, que podia ser. Saí do seminário no fim do ano.

Tinha então pouco mais de dezessete...

Como Barrão...

— Você já chegou num capítulo chamado "Cinco Anos"? — Lu o interrompeu.

— Vou entrar nele agora.

— Então dá um tempo.

— Por quê?

— Daí em diante Machado dá um salto, e mostra Bentinho já adulto. Acho legal você parar por hoje. E eu queria que você fizesse um favor pra mim. É um favor estranho.

— Diz aí, *brother*.

— Eu não tô conseguindo comer, Barrão. Não tomei café, não almocei, estou quase desmaiando de novo.

— Por que você tá assim?

— Não te interessa. Não quero falar sobre isso.

— O que eu posso fazer?

— Me leva num restaurante pra almoçar, e pede uma macarronada. Eu pago.

— Por quê?

— Quando eu te vi comendo aquele cachorro-quente, me deu fome. Queria ver você comendo uma macarronada...

— Ô, Lu... quando você precisar de um favor desses é só pedir, falou?

— Também não precisa falar com a boca cheia.

— Você é chata pra caramba, mas é legal.

— Você nunca perde o apetite?

— Eu não. Por quê? É pra perder?

— As pessoas, quando estão muito tristes, com problemas muito sérios, costumam ficar sem apetite, sabia?

— Não tinha reparado.

Os dois estavam mergulhando os garfos numa suculenta macarronada. Lu comia. Pela primeira vez em dias ela realmente comia. A estratégia tinha dado certo. Ver Barrão devorar o prato, com aquele apetite animal, a estimulara.

— Quer dizer que você tá triste, com um problema muito sério... — ele concluiu.

— É. Eu fiz uma coisa, tomei uma decisão... Mas não sei se tô certa ou errada. Não sei se é pra me arrepender ou não. Só sei que tô muito triste e estressada.

— Sabe o que a gente devia fazer? Vamos dar uma caminhada amanhã de manhã.

— É assim que você resolve os teus problemas existenciais, cara? Fazendo exercício?

— É só uma caminhada. É aeróbica. Já ouviu falar em endorfina?

— Já. Endorfina significa "morfina endógena". Endógena quer dizer "originada no interior do organismo". Endorfina é uma espécie de morfina produzida pelo nosso próprio corpo.

— Tá legal. Você sabe o que é endorfina. Mas já sentiu?

— Como assim?

— Vamos caminhar que eu te mostro.

— Tô fora. O único objetivo de se fazer exercício é deixar a gente exausta.

— Depois de quarenta minutos caminhando, sem parar, a gente se sente relaxadão. Faz bem. Acalma. Eu tô precisando.

— Eu não sou muito dessas coisas, Barrão.

— Dá pra ver. Mas tenta, tá bom?

— Para com isso, cara.

— Quem é que tá sendo burra agora? Eu te pedi ajuda, me abri com você, já até chorei na tua frente... Você quer dar uma de durona? Pô, admite que tem um problema e pede arrego, Lu. Você me pediu ajuda pra comer macarrão e olha aí, tá comendo.

Lu ficou olhando para ele, com o garfo parado no ar. Barrão tinha razão.

— Você me pegou, cara. Tenho de dar o braço a torcer.

— Me dá que eu torço.

— Tô brincando. Ah, eu nem tenho um tênis legal — ela lembrou.

— Ainda é cedo. Tem uma loja aqui perto.

Para desespero de Barrão, Lu ficou mais de duas horas para escolher um par de tênis.

Ela só se vestia de preto, pintava as unhas de preto, gostava de manter a pele muito branca... Aquele seu estilo gótico contrastava muito com o colorido estapafúrdio dos materiais esportivos.

— Não tem um tênis mais discreto? — ela pediu ao vendedor.

— Mas esse é cinza.

— É, mas com essas listras amarelas, e esse cadarço vermelho, não dá!

— E esse aqui, ó? É verde-musgo.

— É legal, mas tem essa sola cor de abóbora.

— Pronto. Esse aqui é todo branco.

— Mas olha o logotipo da marca! É rosa! E enorme. Eu não vou sair por aí fazendo propaganda dessa empresa. Você sabe que eles são acusados de usar trabalho escravo na China?

Acabou se conformando com um tênis preto de listras brancas:

— A tal endorfina deve deixar o pessoal do esporte muito doido. Por isso as coisas são tão coloridas. Que horror!

• 16 •
O pacto

Começaram a caminhar às nove da manhã, no domingo, em torno da lagoa Rodrigo de Freitas.

Barrão tirou a camiseta e iniciou os alongamentos musculares, apoiado num poste. Lu ficou olhando. Ele tinha a cabeça de um tigre, enorme, tatuada nas costas, na altura do ombro.

Ela vestia uma calça de malha colante e camiseta, pretas. Barrão reparou que Lu era muito bonita, de uma beleza diferente das meninas em quem estava acostumado a reparar.

— Tá vendo? — ele disse. — Caminhar já me fez bem. Já me fez sair da cama. Do jeito que eu tô, ia ficar rolando, olhando pro teto, pensando nos meus problemas. Você viu o jornal da tevê ontem?

— Não.

— Ah, é. Você não vê tevê. Eles continuam repetindo a fita de vídeo lá do *shopping*. Tão me crucificando, tá ligada? A sorte é que eu sou menor de idade, senão já tava em cana. Tão me pegando de exemplo pra fazer reportagem sobre *pitboy*.

— Mas você é um *pitboy* mesmo. Desculpe informar.

— Vamos caminhar. Eu dormi mal. E tô muito agoniado.

Lu também quase não dormira, pensando no seu problema, no que fizera.

Barrão falou para ela se concentrar na respiração e no ritmo dos passos. Caminharam calados.

— Como você tá? — ele afinal perguntou.

— Tô me sentindo ridícula, andando desse jeito, sem querer ir para lugar nenhum.

— Você precisa de condicionamento físico.

— Quando é que vai dar barato?

— Calma. A endorfina só começa depois de uma meia hora de caminhada.

— Cara, fazer exercício é chato pra burro.

— Tá legal. Vamos andar calados.

— Certo. Trocar ideias não faz bem pro corpo.

— Não é isso, Lu. É que a nossa energia tem de estar concentrada no objetivo a atingir. No jiu-jítsu, por exemplo, a gente aprende que...

— Para, Barrão. Eu não tô interessada em teoria esportiva, falou? Você disse que era só caminhar.

— Você nunca fez um esporte?

— E você? Já fez um poema?

— Pô, mulher é um bicho muito bobo. Poema...

— Cara, como você é primitivo! Não existe esse papo de "características" masculinas e femininas, sabia? Homem e mulher não são diferentes! Tem mulher agressiva, que gosta de violência, que se amarra num *pitboy* bem burro e musculoso, não tem?

— Tem. De montão. A Pâmela se amarra.

— E existem homens sensíveis, delicados, afetuosos, que gostam de ler, ir ao teatro.

— É. Os boiolas.

— Violência física não é "natural" no homem. Não me vem com esse papo. Isso tem a ver é com identidade masculina, e como ela se constitui em determinadas culturas.

— Cê tá falando de quê?

— Esse "natural" de homem forte e brigão é construído numa academia de jiu-jítsu, por exemplo. Num curso de teatro, numa faculdade de letras, se constrói um outro tipo de homem. Não tem base biológica nenhuma o sujeito querer ser *pitboy*. Aliás, eu acho o contrário: hoje em dia o ideal de homem cada vez mais valorizado é o do cara sensível e cuidadoso com seu semelhante. O que vale agora é a cultura, a informação, a inteligência. Força física não resolve mais nada, depois que inventaram o revólver. Cada vez precisamos menos da força física. É uma nostalgia primitiva.

— Você falando desse jeito não consegue respirar direito.

— Não enche, Barrão. Respirar direito é só respirar. Se respirar "errado", eu morro.

— Você não entende nada de exercício, tá ligada? E é uma implicante.

— E você é um idiota que tá sofrendo dentro desse corpo e não quer reconhecer.

— Não começa!

— Você tá fabricando um corpo ridículo! Quantas horas você malha por dia, cara? Quantas horas fica se esfregando com outros malucos num tatame?

— Me deixa em paz!

— Ainda dá tempo, Barrão. Para com isso. Eu sei que você é um cara sensível. Eu sei que você tá querendo mudar. Tá num beco sem saída. Você é legal. Você se "fez" assim, mas ainda dá tempo de se "desfazer".

— Eu vou desfazer é você, se não calar a boca.

— É. Fica aí se escondendo atrás da violência pra não enxergar a verdade.

— Cara, eu nunca vi isso acontecer.
— O quê?
— Uma pessoa discutir com outra durante uma caminhada! Isso aqui é pra ser um momento relaxante, lembra?
— Você me deixa irritada!
— Ah... "eu" te irrito?
— É! Você tá no fundo do poço e não se toca! Tua vida idiota tá saindo até nos jornais e na tevê e você não quer mudar! Tá se defendendo de quê? Tá lutando por uma coisa em que, lá, bem no fundo, você não acredita mais!
— Desisto. Não dá pra andar com você.
— Você é tão bobo! Com esse tigre aí tatuado...
Barrão deu a volta e começou a caminhar em sentido contrário.
— Que se dane! Vai! Vai embora, Tigrão! — Lu gritou, e seguiu em frente.
— Vou! Vou mesmo, dona Casmurra!
Pouco mais à frente ela chorou. Estava se sentindo bem. Caminhar era bom. Barrão tinha razão. E ela o maltratara tanto...
Barrão também ficou olhando a lagoa com os olhos úmidos. Lu tinha razão. Ele se sentia incomodado dentro daquele corpo enorme.

Segunda-feira à tarde, assim que Barrão entrou na biblioteca, Lu desabafou:
— Cara, desculpa por ontem. Achei que você nem ia mais voltar. Não sei como me atura.
— Não. Eu é que queria pedir desculpa. Te deixei sozinha lá.
— Eu merecia. Quer saber? Sou muito intolerante. Faço o maior discurso pros outros conviverem com as diferenças, mas fico por aí, criticando tudo.

— Não, Lu. Eu sou uma besta mesmo. Sou bruto, ignorante...

— Fui grosseira, te tratei mal...

— Você tem toda razão, tô apostando em cavalo perdedor. Achei que sabia o que tava fazendo com a minha vida, mas tô é perdido.

— Queria te agradecer, Barrão. Andar me fez bem. Dei uma volta inteira na lagoa, e fiquei mais tranquila. Comi pra caramba no almoço.

— Você é que tá me ajudando, Lu. Eu preciso ouvir as coisas que você me diz. Você é diferente. As pessoas que eu conheço são todas iguais a mim, ninguém me diz nada de novo.

— Tô ficando melhor. Vou tentar andar todo dia.

— Passei o domingo pensando nas coisas que você me diz. Tô a fim de mudar. De me "desfazer". Ainda dá tempo.

Os dois pararam de repente e começaram a rir.

— Resumindo — disse Lu —, acho que chegamos a um acordo. Vamos dar força um pro outro.

— Mas não fica diferente por causa disso, não. Continua a me maltratar.

— Deixa comigo. Você me ensina uns exercícios? Quero aprender uns alongamentos.

— E você continua a me explicar o *Dom Casmurro*.

— E você almoça comigo de vez em quando. Não tem nada melhor pra abrir o apetite do que te ver comer, cara.

— E você me ensina sobre livros.

— E se eu precisar dar umas porradas em alguém, já sei quem chamar.

— Legal. Grande dupla. Dona Casmurra e seu Tigrão.

Apertaram as mãos.

• 17 •
Feridas abertas

Barrão sentou e começou a ler.
Bentinho saía afinal do seminário, e Machado, em quatro parágrafos, dá um salto de cinco anos na história.

> *Venceu a razão; fui-me aos estudos. Passei os dezoito anos, os dezenove, os vinte, os vinte e um; aos vinte e dois era bacharel em Direito. (...) Minha mãe resolvera-se a envelhecer. (...) A mãe de Capitu falecera, o pai aposentara-se (...)*
> *Escobar começava a negociar em café (...) a pedido meu, minha mãe adiantou-lhe alguns dinheiros, que ele lhe restituiu.*

Barrão continuava atrás dos indícios da traição de Capitu, e das bobagens que Bentinho tinha feito. Então logo em seguida apareceu uma: quem levava as cartas dele à namorada era Escobar!

> *Ele foi o terceiro na troca das cartas entre mim e Capitu. Desde que a viu animou-me muito no nosso amor. (...) posto que vexada, Capitu entregou-lhe a primeira*

carta, que foi mãe e avó das outras. Nem depois de casado suspendeu ele o obséquio... Que ele casou, — adivinha com quem, — casou com a boa Sancha, a amiga de Capitu, quase irmã dela...

As coisas estavam dando certo para Bentinho. Ele até julgava ouvir uma fada dizer...

"Tu serás feliz, Bentinho; tu vais ser feliz."

Capitu era adorada por D. Glória.

Enfim, minha mãe, algumas semanas depois, quando lhe fui pedir licença para casar, além do consentimento, deu-me igual profecia, salva a redação própria de mãe: "Tu serás feliz, meu filho!"

Por que até Bentinho era feliz? Por que todo mundo era feliz, menos ele? Barrão tinha vontade de jogar o livro pela janela.

Pois sejamos felizes de uma vez, antes que o leitor pegue em si, morto de esperar, e vá espairecer a outra parte; casemo-nos. Foi em 1865, uma tarde de março, por sinal que chovia. Quando chegamos ao alto da Tijuca, onde era o nosso ninho de noivos, o céu recolheu a chuva e acendeu as estrelas, não só as já conhecidas, mas ainda as que só serão descobertas daqui a muitos séculos.

A felicidade de Bentinho irritava Barrão. Estalou os dedos e as juntas dos cotovelos.
E afinal Bentinho transa com Capitu.

(...) visitamos uma parte daquele lugar infinito.

Apesar do despeito que sentia, Barrão reconheceu que era a melhor descrição possível de sexo. De sexo com amor. Era aquilo que Lu chamava de sensibilidade.
Visitamos uma parte daquele lugar infinito. Não se ouvia uma coisa dessas numa academia de jiu-jítsu. Lá eles "azaravam" as garotas, davam uns "amassos" e depois as "machucavam".
Barrão não queria mais machucar as mulheres. Queria visitar com elas aqueles lugares infinitos.
Mas logo na primeira semana de casados surgiu o primeiro problema para Bentinho. Isolados, no alto da Tijuca...

(...) Capitu estava um tanto impaciente por descer. Concordava em ficar, mas ia falando do pai e de minha mãe, da falta de notícias nossas, disto e daquilo, a ponto que nos arrufamos um pouco. Perguntei-lhe se já estava aborrecida de mim.

Bentinho concluiu que o que a esposa queria era que todos vissem como ela estava feliz.
O romance prosseguia, aos saltos.
No capítulo CIV Machado pula dois anos.
Bentinho e Capitu estavam bem...

(...) salvo o desgosto grande de não ter um filho...

O pai dela morreu. Os dois haviam se mudado para uma casa no bairro da Glória, que naqueles tempos ainda ficava de frente para o mar da baía de Guanabara. Bentinho era um advogado de sucesso, e Escobar o responsável por isso, intervindo...

> *(...) com um advogado célebre para que me admitisse à sua banca (...) Sancha e Capitu continuavam depois de casadas a amizade da escola, Escobar e eu a do seminário. (...)*
> *Escobar e a mulher viviam felizes; tinham uma filhinha. Em tempo ouvi falar de uma aventura do marido, negócio de teatro, não sei que atriz ou bailarina...*

Escobar sempre por perto. Escobar traindo a mulher...

> *No mais, tudo corria bem. Capitu gostava de rir e divertir-se e, nos primeiros tempos, quando íamos a passeios ou espetáculos, era como um pássaro que saísse da gaiola.*

Barrão notou que seu coração batia acelerado. Machado criava uma expectativa terrível, como quando a câmera persegue um personagem, num filme de terror. Pintava a felicidade de Bentinho com cores tão alegres e claras que quando a tragédia e a escuridão chegassem...

> *A nossa vida era mais ou menos plácida. Quando não estávamos com a família ou com amigos, ou se não íamos a algum espetáculo ou serão particular (e estes eram raros) passávamos as noites à nossa janela da Glória, mirando o mar e o céu, a sombra das montanhas e dos navios, ou a gente que passava na praia.*

Mas logo Bentinho deixou de ir aos bailes, por causa dos braços de Capitu...

> *Eram belos, e na primeira noite que os levou nus a um baile, não creio que houvesse iguais na cidade (...) Eram os mais belos da noite, a ponto que me encheram de desvanecimento (...) Já não foi assim no segundo baile; nesse, quando vi que os homens não se fartavam de olhar para eles, de os buscar, quase de os pedir, e que roçavam por eles as mangas pretas, fiquei vexado e aborrecido.*

Ciúmes. Machado ia aos poucos plantando pequenos detalhes.
Até vir a primeira grande crise.
Cansada de ouvir o papo chato de Bentinho sobre as estrelas, Capitu ficou olhando o mar, distraída. Ele teve ciúmes do mar. Quis saber o que ela pensava. Capitu confessou que fazia contas de cabeça. Havia poupado dinheiro das despesas e trocara por libras esterlinas. Bentinho quis saber quem fizera o câmbio.

— O seu amigo Escobar.
— Como é que ele não me disse nada?
— Foi hoje mesmo.
— Ele esteve cá?
— Pouco antes de você chegar; eu não disse para que você não desconfiasse.

Barrão largou o livro sobre a mesa. Foi até a parede e começou um alongamento de braços e pernas, como se fosse entrar numa luta.

— O que foi?
— Nada, Lu. Me deixa.
— Tudo bem.

Escobar servindo de intermediário, levando as cartas de amor. Escobar traindo a mulher. Escobar tendo filha, enquanto Bentinho tentava sem conseguir. Escobar mais esperto em matéria de grana. Escobar visitando Capitu em segredo. Se fosse um filme... Mas livro não tinha imagem. Barrão não podia evitar colocar em Escobar o rosto de Paulão.

Era Paulão quem visitava Capitu à tarde, enquanto Bentinho estava no trabalho. Era Paulão quem devia ter ligado às tardes para Pâmela, enquanto ele treinava jiu-jítsu na academia. Paulão, que naquele mesmo momento podia estar com os braços na cintura de Pâmela, beijando sua orelha e rindo.

Sentiu o pescoço inchar. Os braços endureceram. Suas costas ficaram quentes, o ar faltou. Barrão descarregou a raiva dando um soco na parede.

— O que foi, Barrão? — Lu levantou os olhos das fichas.
— Tudo bem. Desculpa. Me descontrolei.
— Por quê?
— Ciúme, Lu. Ciúme. Tô sofrendo muito. Não paro de pensar nela, nos dois...

Lu teve uma reação estranha. Cobriu o rosto com as mãos e apertou muito a cabeça, até ficar com a testa vermelha. Quando abriu os olhos, eles estavam cheios d'água, e olhavam para Barrão de um jeito meio desesperado. Em seguida ela saiu correndo da biblioteca.

• 18 •
Coisas horríveis de se fazer

Barrão ficou sentado, sem entender. Aos poucos foi se acalmando. Ela não voltava. Devia ter ido ao banheiro. Continuou a ler. Queria saber a reação de Bentinho.

No dia seguinte, fui ter com Escobar ao armazém, e ri-me do segredo de ambos. Escobar sorriu e disse-me que estava para ir ao meu escritório contar-me tudo.

— Como é burro!

A verdade é que fiquei mais amigo de Capitu, se era possível, ela ainda mais meiga, o ar mais brando, as noites mais claras, e Deus mais Deus. (...) Escobar também se me fez mais pegado ao coração. As nossas visitas foram se tornando mais próximas, e as nossas conversações mais íntimas.

Barrão, com a mão esquerda, deu um tapa no tampo da mesa, fechou o livro e foi até a janela. De lá se via o pátio da escola, vazio naquela tarde de segunda-feira.

Esforçou-se para pensar com clareza. Até que ponto tinha sido como Bentinho? Paulão nem tinha namorada. Era um galinha. Ele sabia disso. E mesmo assim algumas vezes insistira para irem a festas juntos. Até ao cinema. Pâmela não se incomodava nem um pouco. Ela ria mais das piadas de Paulão. Ele era mais alto que Barrão.

Barrão se sentiu fraco. Decidiu malhar ainda mais. Aumentar os pesos. Mas não, aquilo já não funcionava. Olhou para os próprios bíceps como se estivesse carregando dois tijolos inúteis. Músculos não serviam para resolver aquele tipo de problema.

Voltou a sentar. Abriu o *Dom Casmurro*. Um capítulo importante. O CVIII, chamado "Um Filho".

> *Pois nem tudo isso me matava a sede de um filho, um triste menino que fosse, amarelo e magro, mas um filho, um filho próprio da minha pessoa. Quando íamos a Andaraí e víamos a filha de Escobar e Sancha, familiarmente Capituzinha, por diferenciá-la de minha mulher, visto que lhe deram o mesmo nome à pia, ficávamos cheios de invejas.*

As desgraças de Bentinho ainda davam a Barrão certo contentamento, mas cada vez menos, porque sabia que eram as mesmas desgraças que as dele.

> *... As invejas morreram, as esperanças nasceram, e não tardou que viesse ao mundo o fruto delas. Não era escasso nem feio, como eu já pedia, mas um rapagão robusto e lindo.*

Capitu e Bentinho tinham um filho, afinal.

A minha alegria quando ele nasceu, não sei dizê-la; nunca a tive igual, nem creio que a possa haver idêntica, ou que de longe ou de perto se pareça com ela. Foi uma vertigem e uma loucura.

Barrão ficou apreensivo, adivinhando a tragédia.

(...) Quando eu via o meu filho chupando o leite da mãe, e toda aquela união da natureza para a nutrição e vida de um ser que não fora nada, mas que o nosso destino afirmou que seria, e a nossa constância e o nosso amor fizeram que chegasse a ser, ficava que não sei dizer nem digo...

Lu não voltava.

O filho aproximou ainda mais o casal. Sancha foi passar com Capitu as primeiras noites. Capituzinha tinha agora com quem brincar. Escobar chegou a falar que, no futuro, os dois podiam se casar. Bentinho ficou comovido com a demonstração de amizade.

Se estivesse no cinema, Barrão gritaria: "Corno! Corno!".

Era muito angustiante ver um personagem caminhar assim para o abismo, com os olhos tapados pela ingenuidade. Mas Barrão também não caíra nesse abismo? A vida era como as histórias contadas nos livros. Os personagens avançavam pelas páginas, às cegas. Barrão era como o personagem de um livro. Ninguém podia avisá-lo do perigo.

O nome com que batizaram o filho: Ezequiel.

Era o primeiro nome de Escobar. Ezequiel Escobar.

Aquilo já era demais. Machado de Assis era muito cruel.

Barrão fechou o livro e tornou a ir para a janela, olhar o pátio. Foi aí que viu Lu.

Estava sentada no chão, no fundo da quadra de esportes. Àquela distância, com a cabeça baixa e abraçada aos joelhos, parecia uma bola preta encostada no muro.

Pelos movimentos do corpo dela, Barrão viu que Lu chorava.

— Você não vai mesmo me dizer o que é que tá acontecendo com você? — ele perguntou, sentando ao lado de Lu, no fundo da quadra de esportes.

Ela balançou a cabeça e continuou chorando. Os soluços sacudiam seu corpo magro.

— Eu já chorei na tua frente — ele lembrou —, e disse por quê.

— Me deixa em paz.

— Legal. Depois eu que sou o machão idiota que esconde os sentimentos.

— Eu não posso te contar.

— Tenta.

— Você vai rir da minha cara, Barrão.

— Só se a piada for muito boa, porque tá difícil me fazer rir ultimamente.

— Então tá! Quer saber? — Lu levantou o rosto e mostrou os olhos muito vermelhos. — Eu briguei com meu namorado! Ouvi dizer que ele tava saindo com outra e terminei com ele! Mas gosto dele, entendeu? Eu acabei com o namoro por ciúme! E eu nem sei se ele me traiu mesmo!

Barrão ficou olhando para ela sem saber como reagir. Lu continuou a desabafar.

— Por isso eu tô sendo tão agressiva com você, cara. Você fez a mesma bobagem que eu!

— Mas então, tudo que você falou...

— Tô tentando é convencer a mim mesma, às tuas custas! Mas é no que eu acredito! Só que o ciúme é mais forte do que eu. Não sei o que fazer. Armei o maior barraco com ele no meio da rua, e o cara é claro que não quer me ver nem pintada. Ele disse que, se eu desconfio dele, a relação não vale mais a pena.

— Igual à Pâmela.

— Agora eu não sei se ele falou isso porque ficou chateado mesmo, ou porque tava me traindo e queria qualquer pretexto pra não me ver mais.

— Tô na mesma situação, Lu.

— A dúvida tá me matando. É por isso que não durmo nem como direito há mais de duas semanas.

— Eu não paro de pensar se a Pâmela tá com outro cara ou não.

— Tô igual. Como é que a gente sai dessa, cara? Já senti de tudo esses últimos dias: medo, desamparo, rejeição, solidão, paranoia...

— E ficou agressiva.

— Olha quem fala! Ciúme é um tormento. Eu nem sei o que é pior, se a dúvida ou a certeza.

— Ter dúvida é pior que ter certeza.

— Tá certo. Eu tô sofrendo porque permaneço na dúvida. Se eu tivesse certeza, sentiria é raiva.

— É. E se a gente tivesse certeza não ia se sentir culpado por ter estragado tudo. O que tá me deixando doido é que eu posso ter feito a Pâmela se afastar de mim pra sempre sem motivo nenhum.

Lu olhou nos olhos de Barrão:

— Desculpe por tudo, Barrão — ela disse. — Você é um cara inteligente e muito bacana.

— Se não fosse você, eu nunca ia saber disso.

— Posso te pedir um favor, Barrão?
— Claro.
— Posso chorar no teu ombro um pouco? Esse muro é muito duro, minhas costas tão doendo.

Ele a abraçou com carinho e sentiu o corpo magro tremer colado ao seu abdome sarado, os soluços no seu peitoral definido. Barrão costumava inflar os músculos quando abraçava uma mulher, mesmo com Pâmela. Mas com Lu não. O que procurou foi tornar seu corpo macio, quente, e passar para ela toda a ternura que sentia. Ela estava chorando por ele também.

— Tô me sentindo uma titica — ela revelou, mais calma.
— Sabe o que eu acho, Lu? A gente precisa fazer alguma coisa pra ter a tal certeza.
— Se eu soubesse como... O único jeito era seguir os dois, mas imagina se eles pegam a gente fazendo isso? Além de idiotas vamos ser ridículos... Não sei você, mas eu, se perder um pouquinho mais de autoestima, nunca mais saio do fundo do poço. Tenho certeza.
— Você podia seguir a Pâmela, e eu, o teu namorado.
— A ideia até que é boa, mas não dou pra essas coisas, Barrão. Não quero fazer isso. E você, desse tamanho, seguindo alguém...
— Então não sei mais.

Lu voltou a olhá-lo nos olhos, com uma intensidade que lembrou a Barrão os olhos de ressaca de Capitu.

— Eu queria te contar uma coisa horrível que eu fiz — ela disse.
— Então conta.

Ela pousou a cabeça de novo no ombro dele e sussurrou:
— Não. Não posso. É muito feio.
— Pô. Agora vai ter de falar.

— Não. Tá, eu falo, mas é uma coisa tão horrível. Só falo se você também contar uma coisa horrível que você tenha feito.

— Você é maluquinha, sabia? Olha, tá vendo as minhas orelhas? Elas são falsas.

— Você implantou orelhas? São próteses?

— Não. São falsas porque eu deformei elas de propósito.

— Pra quê?

— Tenho um pedaço de lona de tatame em casa e fico horas esfregando as orelhas, até sangrar, pra ficar parecendo que eu já luto jiu-jítsu há muito tempo. Todo lutador casca-grossa tem orelha assim, e eu quis adiantar o processo, tá ligada?

— Cara, que coisa estúpida de se fazer — ela riu.

— Agora é a tua vez.

— Tá. Sabe o que eu fiz? Procurei no jornal... e liguei para um detetive particular! Foi isso. Recortei uma porção de anúncios e sorteei um.

— Sério? Mandou seguir o teu namorado?

— Ainda não. Não tive coragem de ir lá no escritório do cara, no centro da cidade. Mas sabe que não é caro? Ele diz que resolve o problema em uma semana. Não é uma coisa horrorosa? Como é que eu pude fazer isso?

Os dois ficaram calados por muito tempo, até que Barrão perguntou:

— Você quer que eu vá contigo?

• 19 •
Remédio de cavalo faz mal pra burro

O escritório ficava num prédio antigo e encardido, perto da Cinelândia. Ao lado da portaria havia uma banca de flores e um ponto de jogo do bicho. O porteiro os olhou com indiferença.

Barrão tocou a campainha. Ouviram ruídos de alguém arrumando as coisas às pressas, e pouco depois a porta se abriu. Tomaram um susto.

Apesar de bem-vestido, era o homem mais feio que alguém podia imaginar. O nariz era enorme e mole, como se não tivesse osso por dentro, inchado e muito vermelho. As orelhas também pareciam gigantescas. Numa delas faltava toda a parte de baixo. Tinha olheiras marrom-escuras, a boca quase sem lábios lembrava uma tartaruga enfezada, e aquele rosto esquisito estava no alto de um corpo muito alto e gordo, que ocupava quase todo o vão da porta.

— Detetive Mendes? — arriscou Lu.

— Ele mesmo.

Ela e Barrão entraram. Havia um cheiro de sardinha frita no ar.

Era um escritório pequeno, e via-se que os negócios não iam bem. Mas o detetive parecia feliz. Sentaram em torno de uma escrivaninha e Lu explicou o que ela e Barrão pretendiam.

Mendes os ouviu calado, balançando a cabeça para cima e para baixo. Quando os clientes acabaram de falar, o detetive coçou o enorme queixo quadrado:

— Não gosto de seguir gente por causa de ciúme.

Lu ia dizer alguma coisa, mas ele levantou a mão direita, como uma pata de urso, e continuou falando:

— O problema dessa vida é que não dá pra fazer só o que se gosta. Eu tenho de pagar o aluguel, por exemplo. O caso de vocês é simples. Hoje é segunda... Vocês escrevem aqui o nome, o telefone e o endereço das vítimas. Segunda que vem o serviço tá pronto. Vocês por acaso teriam uma foto deles?

Lu e Barrão se olharam, com vergonha um do outro.

Eles tinham.

Aquele ato desprezível, e o trato de mantê-lo em segredo, aproximou ainda mais os dois. No dia seguinte lá estava Barrão, na biblioteca, continuando a ler *Dom Casmurro*.

— A prova de Português é esta sexta — ele avisou. — E hoje já é terça. Tenho de terminar logo este livro.

— Em que página você tá? — ela perguntou.

— 145. Capítulo CVIII. O idiota do Bentinho acaba de botar o nome do amante da mulher no filho. Ezequiel.

— Capitu não traiu Bentinho!

— Só você acredita nisso, Lu.

— Você não sabe nada. Quer que eu leia?

— É. Vai mais rápido.

Lu sentou-se perto dele e leu.

Bentinho seguia falando do filho, dando um novo salto, de cinco anos, na história.

Ezequiel, quando começou o capítulo anterior, não era ainda gerado; quando acabou era cristão e católico. Este outro é destinado a fazer chegar o meu Ezequiel aos cinco anos, um rapagão bonito, com os seus olhos claros, já inquietos, como se quisessem namorar todas as moças da vizinhança, ou quase todas.

Era um garoto criativo.

... adivinhavam-se nele todas as vocações possíveis, desde vadio até apóstolo. Vadio é aqui posto no bom sentido, no sentido de homem que pensa e cala; metia-se às vezes consigo...

Gostava de imitar os outros.

Fazia de médico, de militar, de ator e bailarino.

O menino era apaixonado por armas e desfiles de tropas militares. Bentinho não desgostava disso. Disse certa vez Capitu:

*— Sim, não sairá maricas, repliquei; eu só lhe descubro um defeitozinho, gosta de imitar os outros.
— Imitar como?
— Imitar os gestos, os modos, as atitudes; imita prima Justina, imita José Dias, já lhe achei até um jeito dos pés de Escobar e dos olhos...
Capitu deixou-se estar pensando e olhando para mim, e disse afinal que era preciso emendá-lo. Agora reparava que realmente era vezo do filho, mas parecia-lhe que*

era só imitar por imitar, como sucede a muitas pessoas grandes, que tomam as maneiras dos outros...

Barrão balançou a cabeça:
— E você ainda defende essa pilantra. Tá na cara. Esse filho não é dele. É do Escobar.
— Deixa eu continuar a ler!
Bentinho se diz cada vez mais apaixonado por Capitu.

Por falar nisto, é natural que me perguntes se, sendo antes tão cioso dela, não continuei a sê-lo apesar do filho e dos anos. Sim, senhor, continuei. (...) Cheguei a ter ciúmes de tudo e de todos. Um vizinho, um par de valsa, qualquer homem, moço ou maduro, me enchia de terror ou desconfiança.
(...) Capitu era tudo e mais que tudo; não vivia nem trabalhava que não fosse pensando nela. Ao teatro íamos juntos; só me lembra que fosse duas vezes sem ela, um benefício de ator, e uma estreia de ópera, a que ela não foi por ter adoecido, mas quis por força que eu fosse.

Nessa noite, agoniado com a saúde de Capitu, Bentinho saiu na metade do espetáculo e voltou para casa. Quando chegou, encontrou Escobar lá.
— Tô falando... — Barrão resmungou.
Escobar disse que tinha passado para conversar com ele, assuntos jurídicos.

Capitu estava melhor e até boa.

— Eu não aguento! — Barrão socou a mão esquerda. — Lu, isso é muita tortura!

— Fica quieto!

— Não dá! A gente tá passando o maior sufoco, ficando tão maluco de ciúme que contrata até detetive, e ainda tem de ler sobre um mané que não enxerga que...

— Enxerga sim! Vai começar a enxergar até demais! Cala a boca e escuta!

Bentinho acha sua mãe arredia com Capitu e o neto. Pergunta a José Dias se tem ideia dos motivos. O agregado não sabe dizer, e muda de assunto, pedindo para Ezequiel imitá-lo.

> — *Não, atalhou Capitu; já lhe vou tirando esse costume de imitar os outros.*

Bentinho também não queria que o filho continuasse com aquelas manias.

> *Eu mesmo achava feio tal sestro. Alguns dos gestos já lhe iam ficando mais repetidos, como o das mãos e pés de Escobar; ultimamente, até apanhara o modo de voltar da cabeça deste, quando falava, e o de deixá-la cair, quando ria.*

Barrão se sentia cada vez mais Bentinho.

Escobar se mudou para o bairro do Flamengo, perto da Glória, e os dois casais passaram a se frequentar ainda mais.

> *As nossas mulheres viviam na casa uma da outra...*

Os filhos estavam sempre juntos.

> *(...) Sancha acrescentou que até já se iam parecendo.*

Bentinho explicou:

— *Não; é porque Ezequiel imita os gestos dos outros.*

Barrão enterrou o rosto nas mãos:
— Os dois são filhos do mesmo pai! Será que eu sou tão burro que nem esse cara? Será que eu nunca quis ver o que tava acontecendo?
— Você não fica quieto?
— Lu, será que o Paulão e a Pâmela faziam as coisas na minha cara e eu não via?
— Não quero falar sobre isso, Barrão. Você interrompe toda hora! Não se toca que eu também me sinto "uma Bentinho"? É isso que Machado quer fazer com a gente. Colocar o leitor dentro da pele de um ciumento paranoico. E consegue. Olhe pra você. Se Capitu passasse aqui agora, você batia nela.
— Batia mesmo. E nesse Escobar também.
— Aí a parada ia ser dura — Lu riu.
— Tá falando isso por quê?
— Escobar era forte.
— Eu me garanto.
— Escobar nadava na praia do Flamengo. Era esportista. Gostava de nadar no mar bravo. Escuta só o capítulo seguinte.
Era o CXVIII. Um capítulo muito estranho.
Sancha e Bentinho trocam olhares sensuais. Bentinho se surpreende, e pensa na mulher do amigo... Seus olhos se cruzam com intensidade. Escobar interrompe, avisando que amanhã o mar estará agitado, e ele irá nadar.

— *(...) Você não imagina o que é um bom mar em hora bravia. É preciso nadar bem, como eu, e ter estes pulmões, — disse ele batendo no peito, e estes braços; apalpa.*

Apalpei-lhe os braços, como se fossem os de Sancha. Custa-me esta confissão (...) Não só os apalpei com essa ideia, mas ainda senti outra coisa: achei-os mais grossos e fortes que os meus, e tive-lhes inveja...

— Eu me garanto — repetiu Barrão. — Eu partia ele em dois.

— Me diz uma coisa, Barrão, esse tal de Paulão... Ele é mais forte que você, não é?

— O apelido dele é Minotauro. A orelha dele é de verdade. Eu me sinto um franguinho perto dele, tá ligada?

— Franguinho? Cara, você tá é sofrendo de vigorexia.

— Não começa.

— Sério. É uma doença nova. A pessoa nunca se acha forte o suficiente. É uma doença que dá em quem faz musculação.

— Eu queria ficar mais forte — Barrão continuou. — Comecei a tomar umas bombas, pra apressar as coisas...

— Anabolizantes? Você disse que nunca tinha tomado.

— Eu menti um pouco. Comecei com um nacional, mais barato. Acabei tomando um que era remédio pra cavalo...

Lu colocou a mão direita sobre a esquerda de Barrão, estendida sobre a mesa.

— Ainda tá tomando essas coisas?

— Não, juro, parei. Passei muito mal um dia. Meu coração parecia que ia explodir.

— Anabolizante mexe com o nível de testosterona, com os hormônios. Aumenta a agressividade. Por isso vocês arranjam tanta briga.

— Eu parei, Lu. Juro. Nunca mais.

— Vamos dar um tempo na leitura. Olha aqui os meus pés!

— Que é que tem?

— Tô de tênis, não tá vendo? Vamos dar uma caminhada. A gente tá precisando.

— Tá. Vou deixar pra matar esse Escobar amanhã — Barrão tentou rir.

— Não precisa, cara. O Machado faz isso pra você.

· 20 ·
Quatro olhos na noite

Conseguiram caminhar calados, concentrados, e depois Lu pagou para assistir Barrão comer dois hambúrgueres e uma tigela de açaí com granola; e o imitou. Estava conseguindo ganhar peso, seu rosto já perdia a palidez e os olhos começavam a brilhar.

— Tô andando quarenta minutos todos os dias — ela anunciou. — Acho que me viciei em endorfina.

— Então vou te confessar uma coisa também — ele riu. — Ontem à noite eu tava em casa, de bobeira, e acabei pegando um livro pra ler. Minha mãe achou que eu tava doente.

Depois que se despediram, já noite, Barrão não foi para a academia treinar jiu-jítsu. Em vez disso, caminhou até a rua de Pâmela e parou a uns cinquenta metros da portaria de seu edifício.

Não queria encontrá-la. De jeito nenhum. Estava ansioso, e arrependido por ter contratado um detetive para seguir a namorada. O tal Mendes era tão mal-encarado... Teve medo de que ele fizesse algum mal a Pâmela. Lu era maluca. Contratar um detetive sorteando os classificados do jornal, sem ter nenhuma referência do sujeito...

Encostou-se em uma árvore. O apartamento dela era de fundos, não havia como flagrá-lo ali, na espreita.

Passou mais de uma hora assim... Até que viu. O tamanho do corpo e o jeito de andar eram inconfundíveis. Paulão.

Ele parou diante do interfone do prédio de Pâmela e teclou. Falou qualquer coisa. Riu. Depois seguiu andando. Ia passar bem em frente a Barrão, que não tinha para onde correr. Pensou em sair logo na porrada, esganá-lo... Não ia ser fácil. Porém não podia se meter em confusão; mais uma briga de rua e o enfiariam num sanatório. Ou era um covarde?

A ligação do interfone era para Pâmela! A risada! Deviam estar rindo dele! Tinha de dar um murro naqueles dentes! Paulão se aproximava e Barrão não se decidia. Não ia ser uma briga rápida. O sujeito era o Minotauro. Não ia cair no truque do estrangulamento. A polícia chegaria. Iriam presos. Não dava mais tempo de sair correndo. Era um covarde? Jogou-se no chão e rolou o corpo, enfiando-se embaixo de uma Kombi.

Viu as pernas grossas de Paulão caminhando tranquilamente pela calçada oposta, afastando-se.

Estava com o corpo tenso, os músculos duros como pedra, sentindo pena e raiva de si mesmo, dividido entre se achar um covarde e ter tido bom-senso. Só tinha certeza de uma coisa: estava numa situação ridícula.

Com o sangue inundado de adrenalina, havia rolado com muita agilidade, mas agora percebia como o vão sob a Kombi era apertado e ele se sentia entalado. Não era capaz de sair dali rolando. Precisava ir-se arrastando sobre o peito, devagar. Então, de repente, saindo do nada, apareceu uma cabeça, muito estranha, olhando para ele.

Era um rosto magro, com duas lentes de óculos tão grossas que o faziam ter quatro olhos muito abertos. Custou a entender que era uma mulher, com o rosto de cabeça para baixo.

— Vida de ciumento não é fácil — ela comentou.
— Quem é você?
— Sou a mulher do Mendes. Pela descrição, você é o namorado da tal Pâmela. Barrão.
— Sou — ele disse, tentando manter a dignidade ali, embaixo do carro.
— Se você vai seguir a garota, pra que contratou a gente?
— Eu não tava seguindo ninguém.
— Ah. Desculpa. Não sabia que você era mecânico.
— Só tava aqui de passagem.
— Faz um favor. Vai pra casa. Isso é serviço pra profissional, tá?
— Tudo bem. Tudo bem.
— Já até me atrapalhou. Eu achei que o cara que acabou de interfonar era você, o namorado, pela descrição que o Mendes fez. Vocês *pitboys* são todos iguais. Devia ter seguido o cara.
— Ele se chama Paulão. Já viu esse cara por aqui antes?
— Já. No começo da tarde ele interfonou, subiu, ficou lá uma meia hora e desceu.
— E você não fez nada? Não seguiu ele?
— Tô te falando. Achei que era você. E, de qualquer maneira, eu tenho de seguir é a Pâmela. Agora sai daí. Tô ficando com dor no pescoço. Vai pra casa, vai.

Na quarta-feira Barrão entrou na biblioteca arrasado, no fundo do poço mesmo. Depois de uma noite em claro, chegara à conclusão de que era mesmo um covarde.

Paulão estava saindo com a Pâmela.

Agora isso não era mais uma dúvida. Na segunda-feira Mendes confirmaria.

E ele não tinha coragem de partir para cima de Paulão.

Mas havia algo estranho acontecendo. Não era apenas por medo que não enfrentava o rival. Era como se não valesse a pena fazer aquilo por Pâmela. Um sentimento ainda muito confuso, como uma desculpa covarde para não lutar com Paulão, para não correr o risco de ser traído e ainda por cima apanhar. Mas estava lá, não podia negar. Pâmela ia se tornando distante, como se o ciúme, uma ameba gigante, tivesse fagocitado o amor.

Já não sabia se amava Pâmela. Só tinha certeza de seu ciúme por ela. Então ciúme não era amor. Era amor-próprio.

— Bom-dia. Como vai?

— Ah, desculpa, Lu. Tava distraído, pensando numas coisas.

— Pensando? Puxa, você tá mudado.

— Para com isso. Vamos continuar a ler? Só tenho mais dois dias.

— Legal.

Sentaram-se, um diante do outro.

Barrão estava calado, com uma expressão carrancuda, muito sério. Lu não resistiu:

— Hoje você tá o próprio Dom Casmurro.

— Não mexe comigo não. Tô Dom Casmurro, Dom Cassoco, Dom Castapa, Dom Cascascudo, Dom Casporrada...

— É. Então é melhor ler.

— É sim. E me diz logo. Que história é essa de o Machado acabar com a raça do Escobar? Quem matou o safado? Foi o Bentinho?

No fundo, Barrão torcia para que não tivesse sido. Se Bentinho tivesse matado o rival, seria mais corajoso do que ele.

— Não. Quem matou Escobar foi a ressaca.

— Capitu? Capitu matou Escobar? Com os olhos?

— Não. Foi o mar mesmo.

Capítulo CXXI, "A Catástrofe"...

(...) Escobar meteu-se a nadar, como usava fazer, arriscou-se um pouco mais para fora que de costume, apesar do mar bravio, foi enrolado e morreu. As canoas que acudiram mal puderam trazer-lhe o cadáver.

Barrão não sabia direito o que pensar daquilo. Bentinho era um covarde, como ele, mas tinha mais sorte.
— Pronto. Acabou. Machado matou o amante, Capitu e Bentinho vão viver felizes para sempre.
— É ruim, hein? Cala a boca e escuta, Barrão. Agora é que as coisas pioram de vez.
Estão todos arrasados com a tragédia. Bentinho se encarrega do enterro. Fará um discurso, enaltecendo o melhor amigo:

(...) as nossas simpatias, a nossa amizade, começada, continuada e nunca interrompida, até que um lance da fortuna fez separar para sempre duas criaturas que prometiam ficar por muito tempo unidas.

— Tá vendo? É por isso que eu não aguento esse babaca!
— Fica quieto!
— Não dá, Lu. O cara não desconfia de nada? Ainda gosta do amigo... Tá triste com a morte dele. Será que não se toca?!
— Se você ficasse com a boca fechada e escutasse o capítulo seguinte!
— Tá. Tá!
— É no enterro que as coisas ficam claras.

Sancha quis despedir-se do marido, e o desespero daquele lance consternou a todos. Muitos homens chora-

vam também, as mulheres todas. Só Capitu, amparando a viúva, parecia vencer-se a si mesma. Consolava a outra, queria arrancá-la dali. A confusão era geral. No meio dela, Capitu olhou alguns instantes para o cadáver, tão fixa, tão apaixonadamente fixa, que não admira lhe saltassem algumas lágrimas poucas e caladas...
 As minhas cessaram logo. Fiquei a ver as dela; Capitu enxugou-as depressa, olhando a furto para a gente que estava na sala. (...) Momento houve em que os olhos de Capitu fitaram o defunto, quais os da viúva, sem o pranto nem palavras desta, mas grandes e abertos, como a vaga do mar lá fora, como se quisesse tragar também o nadador da manhã.

— Saquei — cortou Barrão. — Então foi assim que o idiota entendeu tudo. Capitu deu bandeira na hora do enterro. Até que enfim.
— Você tá sempre partindo do princípio que Capitu e Escobar eram amantes, e não eram!
— Eu tô partindo do princípio que você é maluca, Lu. O Machado acabou de escrever isso aí! Ela tava olhando o defunto "apaixonadamente"!
— O narrador não é o Machado!
— Ah, não? Como não?! Quem escreveu o livro? Eu não fui!
— Narrador não é quem escreveu o livro, sua besta. Esse é o escritor. O narrador deste livro é o Bentinho! Ter visto Capitu olhar apaixonadamente é o ponto de vista do Bentinho! O marido ciumento! É isso que tô tentando enfiar na tua cabeça! O Machado quer mostrar como o ciúme corrói a pessoa, como estraga a relação, como é paranoico, e tá fazendo isso, mostrando como age e pensa um ciumento!

Barrão balançou a cabeça:

— Como nós...

— Capitu não traiu Bentinho! — Lu gritou.

— Tudo bem. Cada um pensa o que quiser. O livro tá acabando?

— Faltam umas vinte páginas.

— Eu acho que Capitu transou com o Escobar. Você não acha. Vamos terminar de ler e depois a gente discute, e você tenta me convencer.

Lu continuou a ler, irritada por Barrão ter sido mais sensato do que ela.

• 21 •
Não se pode jogar o defunto fora

Chegou a hora de fechar o caixão.

Bentinho afinal tinha certeza, pelo olhar que Capitu lançara ao defunto, que os dois eram amantes.

(...) peguei numa das argolas; (...) tive um daqueles meus impulsos que nunca chegavam à execução: foi atirar à rua caixão, defunto e tudo.

— Até que enfim esse banana percebeu! — Barrão resmungou.

— E ainda faltava o discurso. Imagina a cena. Bentinho vai ter de falar bem do Escobar...

(...) Maquinalmente, meti a mão no bolso, saquei o papel e li-o aos trambolhões, não todo, nem seguido, nem claro; a voz parecia-me entrar em vez de sair, as mãos tremiam-me. (...) Ao mesmo tempo, temendo que me adivinhassem a verdade, forcejava por escondê-la bem.

No final recebe muitos elogios pelo discurso. Todos confundiram perturbação e ódio com emoção e dor pela perda do melhor amigo.

— Anota aí, Barrão — Lu interrompeu a leitura. — Essa é uma das características do Machado: revelar a hipocrisia humana. A dissimulação. A opinião dos outros é muito importante, a gente tem de engolir as coisas, não pode ser verdadeiro, dizer o que pensa. Olha o que diz Bentinho em seguida:

> *(...) eu acabava de louvar as virtudes do homem que recebera defunto aqueles olhos... (...) As lágrimas, se as têm, são enxugadas atrás da porta, para que as caras apareçam limpas e serenas...*

Barrão se sentiu incomodado. Machado parecia ter prazer em cutucar feridas. Uma das coisas que mais o perturbara foi ter de assistir aulas de manhã, na mesma sala em que Pâmela, Pipa e Cláudio; ter de fingir que estava tudo normal.

— Mas esse Bentinho também exagera! — descontou no personagem. — O cara não toma uma atitude!

— Calma. Vai começar a tomar.

> *Pouco depois de sair do cemitério, rasguei o discurso e deitei os pedaços pela portinhola fora...*

Sai andando pelas ruas, sem rumo, com o "coração agoniado".

Daí em diante Bentinho escancara as portas para o ciúme, e ele penetra em todos os cantos da sua alma. Cada gesto de Capitu é uma denúncia de sua traição.

Um jeito mais afetado de ela se olhar no espelho. Os olhos vermelhos de choro ao pensar "na filhinha de Sancha, e na aflição da viúva". O choro durante a abertura do testamento.

— Não tô vendo Bentinho tomar atitude nenhuma — cortou Barrão, impaciente.

— Ainda não é já. O ciúme de Bentinho não explode assim. Vai esquentando, em banho-maria. Depois do suposto amante morto e enterrado, "Sancha retirou-se para a casa dos parentes no Paraná".

— Ah, legal... Aí o machão bota o rabo entre as pernas.

Barrão criticava Bentinho cada vez com menos convicção, sempre se comparando. "E eu, já fiz o que, além de bater num dono de livraria que não tinha nada a ver com a história, e me esconder embaixo de uma Kombi?"

Um fato, porém, não permitia que Bentinho esquecesse o assunto.

— *Você já reparou que Ezequiel tem nos olhos uma expressão esquisita? perguntou-me Capitu. Só vi duas pessoas assim, um amigo de papai e o defunto Escobar.*

(...) Aproximei-me de Ezequiel, achei que Capitu tinha razão; eram os olhos de Escobar (...)

Nem só os olhos, mas as restantes feições, a cara, o corpo, a pessoa inteira...

— Eu não disse! — Barrão gritou e bateu na mesa.
Lu continuou a ler:

Escobar vinha assim surgindo da sepultura, do seminário e do Flamengo e para se sentar comigo à mesa, receber-me na escada, beijar-me no gabinete de manhã, ou pedir-me à noite a bênção do costume. Todas essas ações eram repulsivas; eu tolerava-as e praticava-as, para me não descobrir a mim mesmo e ao mundo. Mas o que pudesse dissimular ao mundo, não podia fazê-lo a mim, que vivia mais perto de mim que ninguém. Quando nem mãe nem filho estavam comigo o meu desespero era grande, e eu jurava matá-los a ambos (...) Quando, porém, tornava a casa e via no alto da escada a criaturinha que me queria e esperava, ficava desarmado...

— Quer saber, Lu? Esse Machado explica pra mim umas coisas que eu sinto...
— O quê?
— Você acabou de ler. Eu podia até dissimular pro mundo, mas não pra mim, "que vivia mais perto de mim do que ninguém...". Bastou pintar na minha vida idiota um problema que eu não pudesse resolver na base da porrada, e olha só onde fui parar: chorando, desamparado, perdido.
— É como eu me sinto também, Barrão. Sempre fui cheia de teorias... Quando a coisa apertou, virei uma ciumenta psicótica neurastênica.
— Pra que serve a porcaria desses bíceps, me diz? É por isso que a gente tem de ser verdadeiro. Eu não posso me enganar. Pelo menos não por muito tempo.
— Corta a malhação pela metade que você desincha.
— Tá brincando? Mas é isso mesmo que eu vou fazer, tá ligada?
— Deixa eu continuar a ler.
Bentinho tenta dissimular, enganar-se, até o fim. A solução: colocar o filho num internato, para vê-lo só aos sábados.

(...) A ausência temporária não atalhou o mal (...) Ezequiel vivia agora mais fora da minha vista; mas a

volta dele, ao fim das semanas, ou pelo descostume em que eu ficava, ou porque o tempo fosse andando e completando a semelhança, era a volta de Escobar mais vivo e ruidoso. Até a voz, dentro em pouco, já me parecia a mesma.

Por uns instantes Barrão se distraiu com a ideia sombria de ter um filho com a cara do Paulão, e a partir daí começou a sentir pena de Bentinho.
— Essa história vai acabar mal — previu.
— É. Eu avisei — Lu fez ares misteriosos.

Um dia, — era uma sexta-feira, — não pude mais. Certa ideia, que negrejava em mim, abriu as asas e entrou a batê-las de um lado para outro, como fazem as ideias que querem sair.

— Que ideia? — Barrão sentia um aperto no coração.

A ideia saiu finalmente do cérebro. (...) Saí, supondo deixar a ideia em casa; ela veio comigo. (...)
Não me lembra bem o resto do dia. Sei que escrevi algumas cartas, comprei uma substância, que não digo, para não espertar o desejo de prová-la (...) Quando me achei com a morte no bolso senti uma tamanha alegria como se acabasse de tirar a sorte grande, ou ainda maior, porque o prêmio da loteria gasta-se, e a morte não se gasta.

— Ele comprou um veneno pra se matar! — Barrão levantou da cadeira.
— Espera...

— Ele não pode fazer isso! Essa vadia da Capitu não merece!

— Fica quieto, cara. Eles são só personagens.

No dia em que comprou o veneno, à noite, Bentinho foi ao teatro.

(...) Representava-se justamente Otelo, que eu não vira nem lera nunca; sabia apenas o assunto, e estimei a coincidência.

— A peça de Shakespeare — Barrão lembrou. — A peça sobre o ciúme.

— Isso. Bentinho se confunde com Otelo, em seu ciúme doentio por Capitu-Desdêmona. No final, Otelo mata Desdêmona.

(...) O último ato mostrou-me que não eu, mas Capitu devia morrer.

— Isso! É ela quem deve morrer! — Barrão socou a mão esquerda.

— Deixa de ser bobo. Cala a boca.

Bentinho não se decide. Anda pelas ruas a noite toda. Percebe que já se despede da vida. É um suicida.

Cheguei a casa, abri a porta devagarinho, subi pé ante pé, e meti-me no gabinete; iam dar seis horas. Tirei o veneno do bolso, fiquei em mangas de camisa, e escrevi ainda uma carta, a última, dirigida a Capitu. (...) falava-lhe só de Escobar e da necessidade de morrer.

Barrão sentia-se mal, aflito, querendo impedir Bentinho de cometer aquela loucura.

O meu plano foi esperar o café, dissolver nele a droga e ingeri-la.

— Ele não pode fazer isso!
Mas Lu continuava a ler, sem piedade:

O copeiro trouxe o café. (...) era tempo de acabar comigo. A mão tremeu-me ao abrir o papel em que trazia a droga embrulhada. Ainda assim tive ânimo de despejar a substância na xícara, e comecei a mexer o café, os olhos vagos...

— Não é justo! O cara é traído e ainda se mata!

"Acabemos com isto", pensei.

— Não!

Quando ia beber, cogitei se não seria melhor esperar que Capitu e o filho saíssem para a missa; beberia depois; era melhor.

— É, cara. Pensa melhor — Barrão tentava falar com o personagem.

(...) Assim disposto, entrei a passear no gabinete. Ouvi a voz de Ezequiel no corredor, vi-o entrar e correr a mim, bradando:
— *Papai! papai!*

(...) Cheguei a pegar na xícara, mas o pequeno beijava-me a mão, como de costume (...) o meu segundo impulso foi criminoso. Inclinei-me e perguntei a Ezequiel se já tomara café.

— Já, papai; vou à missa com mamãe.
— Toma outra xícara, meia xícara só. (...)
Ezequiel abriu a boca...

• 22 •
Separação de feridas

Àquela altura Barrão estava com os olhos tão arregalados que pareciam prestes a se despregar do rosto e sair quicando sobre a mesa da biblioteca.

Pela primeira vez teve aversão a Bentinho. Já havia sido solidário, compreensivo, nutrido certa pena... Mas querer matar uma criança tornava o personagem odioso sob qualquer ponto de vista.

Lu continuou:

(...) Cheguei-lhe a xícara, tão trêmulo que quase a entornei, mas disposto a fazê-la cair pela goela abaixo...

— Para! Não quero ouvir isso!

Lu não parou:

(...) Mas não sei que senti que me fez recuar. Pus a xícara em cima da mesa, e dei por mim a beijar doidamente a cabeça do menino.

— Papai! papai! exclamava Ezequiel.

— Não, não, eu não sou teu pai!

Barrão, que já ia se erguendo, tornou a sentar; desabou pesado na cadeira, suando de alívio.
— Caraca! Que cena irada!
Lu não parava:

Quando levantei a cabeça, dei com a figura de Capitu diante de mim.

— Agora sujou!

(...) Capitu recompôs-se; disse ao filho que se fosse embora, e pediu-me que lhe explicasse...

Bentinho repete, diz que Ezequiel não é seu filho. Capitu olha para ele por instantes, depois explode:

— *(...) diga tudo; depois do que ouvi, posso ouvir o resto, não pode ser muito. Que é que lhe deu agora tal convicção? Ande; Bentinho, fale! fale! Despeça-me daqui, mas diga tudo primeiro.*
— *Há coisas que não se dizem.*
— *Que não se dizem só metade; mas já que disse metade, diga tudo.*

Bentinho não quer dar explicações. Capitu insiste.

— *Não, Bentinho, ou conte o resto, para que eu me defenda, se você acha que tenho defesa, ou peço-lhe desde já a nossa separação: não posso mais!*
— *A separação é coisa decidida, redargui pegando-lhe na proposta. Era melhor que a fizéssemos por meias palavras ou em silêncio; cada um iria com a sua ferida.*

Uma vez, porém, que a senhora insiste, aqui vai o que lhe posso dizer, e é tudo.

Bentinho fala. Desabafa. A reação dela o desconcerta:

(...) Capitu não pôde deixar de rir, de um riso que eu sinto não poder transcrever aqui; depois, em um tom juntamente irônico e melancólico:
— Pois até os defuntos! Nem os mortos escapam aos seus ciúmes! (...)
— Sei a razão disso; é a casualidade da semelhança. (...) Mas não falemos nisto; não nos fica bem dizer mais nada.

A segurança com que Capitu se portou fez Bentinho duvidar, acreditou por instantes ser...

(...) vítima de uma grande ilusão, uma fantasmagoria de alucinado.

Mas então Ezequiel entrou, chamando a mãe para a missa.

(...) Desta vez a confusão dela fez-se confissão pura. Este era aquele; havia por força alguma fotografia de Escobar pequeno que seria o nosso pequeno Ezequiel. De boca, porém, não confessou nada; repetiu as últimas palavras, puxou o filho e saíram para a missa.

— Tá vendo! Tá vendo! — Barrão cortou. — Quando o filho entrou ela se traiu!
— Quantas vezes vou precisar repetir que esse é o ponto de vista do Bentinho? — Lu balançou o livro nas mãos.

— Vai, continua a ler. Ele tomou o veneno?

Ficando só, era natural pegar do café e bebê-lo. Pois, não, senhor; tinha perdido o gosto à morte. A morte era uma solução; eu acabava de achar outra, tanto melhor quanto que não era definitiva...

— Qual?
— A separação.
— Só isso?
— O importante é dissimular, lembra? — disse Lu. — O importante é a opinião pública.
— Mas como é que explicaram pros outros a separação? Lu continuou a ler.
Não explicaram. Bentinho, Capitu e Ezequiel foram para a Suíça. Ele deixou os dois lá e voltou. Uma vez por ano viajava para a Europa, mas não os procurava.

(...) Na volta, os que se lembravam dela, queriam notícias, e eu dava-lhas como se acabasse de viver com ela; naturalmente as viagens eram feitas com o intuito de simular isto mesmo, e enganar a opinião...

— E é assim que termina? — Barrão ficou meio indignado.
— Não. Agora vem uma outra característica de Machado: ir matando os personagens, deixando só o malvado.

• 23 •
Machado matador

Primeiro morreu D. Glória, a quem Bentinho homenageou, convencendo o vigário da paróquia a deixar gravar na lápide do túmulo a inscrição **Uma santa**.
Pouco depois foi-se José Dias.

(...) A doença foi rápida. Mandei chamar um médico homeopata.
— Não, Bentinho, disse ele; basta um alopata; em todas as escolas se morre. Demais, foram ideias da mocidade, que o tempo levou; converto-me à fé de meus pais. A alopatia é o catolicismo da medicina...
Morreu sereno, após uma agonia curta...

Mortos terminam também padre Cabral, Justina, tio Cosme...
Bentinho agora é Dom Casmurro, está escrevendo em sua casa no Engenho Novo, a réplica da outra, a da rua Matacavalos, que acabou demolida.

Ora, foi já nesta casa que um dia, estando a vestir-me para almoçar, recebi um cartão com este nome:
EZEQUIEL A. DE SANTIAGO

— O filho?
— Isso, Barrão.
— Com a mãe?

A mãe, — creio que ainda não disse que estava morta e enterrada. Estava; lá repousa na velha Suíça.

— Capitu também morreu?
— E é assim, em duas linhas, que ele trata do assunto. Então ele vai até a sala, encontrar Ezequiel.

(...) Não me mexi; (...) Era o próprio, o exato, o verdadeiro Escobar. (...) era o filho de seu pai. (...)
A voz era a mesma de Escobar (...) o meu colega do seminário ia ressurgindo cada vez mais do cemitério. Ei-lo aqui, diante de mim...

O rapaz fica pouco tempo no Rio, e parte para uma viagem científica ao Egito. Era arqueólogo. Dom Casmurro lhe dá dinheiro para a viagem.

Comigo disse que uma das consequências dos amores furtivos do pai era pagar eu as arqueologias do filho.
(...) Onze meses depois, Ezequiel morreu de uma febre tifoide, e foi enterrado nas imediações de Jerusalém (...) Apesar de tudo, jantei bem e fui ao teatro.

— Você quer me convencer de que o Bentinho é um canalha sem sentimentos! — Barrão reclamou.
— Não sou eu. É o próprio Machado.
— Tudo bem. Morreu todo mundo. E Bentinho, termina como?

(...) Vivi o melhor que pude, sem me faltarem amigas que me consolassem da primeira. Caprichos de pouca dura, é verdade. Elas é que me deixavam como pessoas que assistem a uma exposição retrospectiva...

— Ou seja — Lu completou —, Dom Casmurro é um homem solitário, vivendo sozinho numa casa igual à da sua infância, recebendo visitas de prostitutas e escrevendo suas memórias.
— E agora? Esse aí é o último capítulo...

Agora, porque é que nenhuma dessas caprichosas me fez esquecer a primeira dama do meu coração? Talvez porque nenhuma tinha os olhos de ressaca...

— E é o fim da história?

Mas não é este propriamente o resto do livro. O resto é saber se a Capitu da praia da Glória já estava dentro da de Matacavalos, ou se esta foi mudada naquela por efeito de algum caso incidente. (...) Mas eu creio que não, e tu concordarás comigo; se te lembras bem da Capitu menina, hás de reconhecer que uma estava dentro da outra, como a fruta dentro da casca.

— Termina assim?

(...) a suma das sumas, ou o resto dos restos, a saber, que a minha primeira amiga e o meu maior amigo, tão extremosos ambos e tão queridos também, quis o destino que acabassem juntando-se e enganando-me...

· 24 ·
Segundas intenções

Barrão estava atolado nos estudos de Matemática e História. As provas seriam uma depois da outra, e ele virava as noites debruçado sobre os livros. Matemática na quarta, História na quinta, e Português na sexta.

Voltou à biblioteca na quinta à tarde. A prova sobre *Dom Casmurro* seria no dia seguinte.

Lu iria provar que Capitu podia não ter traído Bentinho.

— Vai ser difícil — ele foi logo dizendo, quando os dois se sentaram frente a frente, na biblioteca deserta.

— Pra começar, se coloca no lugar de Bentinho.

— Eu não faço outra coisa.

— Ele acha que o filho é do amante. Tenta se matar. Depois tenta matar a criança. Depois manda a mulher e o filho pro exílio na Suíça. A mulher morre longe de todos. O filho morre também. O cara no final da vida tá solitário. Imagina a culpa que ele carrega. Aí resolve escrever a história. Quis voltar à casa onde tudo começou, mas a casa não o reconhece mais. Lembra dessa parte? — ela lê um trecho marcado do livro.

No quintal a aroeira e a pitangueira, o poço, a caçamba velha e o lavadouro, nada sabiam de mim. A casuarina era a mesma que eu deixara ao fundo, mas o tronco, em vez de reto, como outrora, tinha agora um ar de ponto de interrogação...

— Muito doido!
— O cara no fundo tá é se roendo de dúvida. Mas, em vez de reconhecer sua culpa, escreve um livro com a intenção de acusar a mulher. Bentinho é advogado. É esperto. Pra se defender das coisas horrorosas que fez, tem de acusar Capitu.
— Pode ser.
— Mas a gente só tem o ponto de vista da acusação, concorda?
— Tá.
— Bentinho quer conquistar o leitor, criar intimidade. Chama a gente de "leitor amigo", "leitor precoce", "senhor meu amigo", "leitora minha devota"...
— Tudo bem — Barrão interrompeu. — Mas nada disso quer dizer que Capitu não transou com o Escobar, mesmo que você não queira. Não é tão difícil assim de acontecer. O Escobar era pintoso. E esse Bentinho é um babaca.
— Só tô explicando por que a gente não pode acreditar no que Bentinho escreve. Tudo bem. Você tá certo.
— Tô?
— Não é à toa que esse livro é considerado o mais ambíguo da literatura brasileira, e que Capitu é um enigma. Ela vai ser um mistério pra sempre. Foi ou não foi infiel?
— Foi.
— Pra mim, não foi. Por trás do que Bentinho escreve, está o Machado, e o Machado coloca pistas, aqui e ali, da inocência de Capitu...
— Pra quê?

— Pra que o leitor termine concluindo que o ciúme é uma paranoia, e que a gente nunca vai ter certeza de nada, caramba! Quer ver? Vamos fazer um exercício.
— Legal. Um teste simulado? Vai ser bom pra prova de amanhã.
— Não, sua besta. Um exercício de ver o outro lado.
— Como?
— O outro lado. O lado de Capitu. Como um advogado de defesa. Vamos ver quem é Bentinho.
— Tá. Quem é Bentinho?
— Um filhinho de mamãe, burguês, de uma família da elite carioca, decadente, cheia de privilégios e impunidade.
— Já sei.
— O herdeiro de uma família de proprietários ricos, cercados por parentes, agregados e escravos. A mãe é uma viúva típica daquela época. Vendeu terras pra vir para a cidade, comprou casas, apólices e escravos de aluguel e vive de rendas na corte. Uma mulher cheia de caprichos. E acostumada a ter dependentes. No Brasil ninguém contraria uma pessoa assim. E ainda a chamam de santa. Os filhos dessa gente seguem o mesmo caminho.
— Mas isso não quer dizer que Bentinho não possa ter se apaixonado de verdade por Capitu, e ela tenha colocado uns chifres nele — Barrão defendeu o personagem.
— Ele até se apaixonou, mas nós estamos discutindo aqui o que ele fez com essa paixão. Se a gente acreditar nele, acaba chegando no final do livro considerando Capitu uma mulher infiel e mentirosa. Mas ela pode ser outra coisa.
— Pode?
— Capitu é autônoma, tem pensamentos próprios, arranja soluções, raciocina. Não era o que se esperava de uma mulher da época. Ela não abaixa a cabeça diante dos superiores.

Capitu vai à luta pra conquistar o que quer. Quer viver. Ser feliz. Bentinho gosta disso no começo, mas aos poucos vai encarnando o proprietário, vai se tornando mau, vai virando Casmurro. E vai acusar Capitu de transformá-lo.

— Mas ela aprontou também...
— Como é que você sabe?
— Tá escrito.
— Do ponto de vista do Bentinho, sua besta! Repara só... Se Capitu olha nos olhos dos outros, é atrevida... Se não olha, é dissimulada... Tá entendendo? Bentinho acaba convencendo o leitor de que a autonomia de Capitu é calculismo... de que lutar pelo que se quer é ambição.

— Lu, vou concordar com você numa coisa: no final, quando ele quase mata o garoto, eu passei a desconfiar um pouco do cara.

— Bentinho passa o livro todo dando uma de bonzinho, por isso as pessoas se surpreendem, no final, com a frieza dele. Mas aí eu te pergunto: como ele mesmo se questiona sobre Capitu no último capítulo, será que o Bentinho do final já não tava dentro do Bentinho do começo? Será que Bentinho já não era Casmurro, como a "fruta tá dentro da casca"? Eu acho que sim. É só a gente não se deixar convencer por ele.

— Tá tudo muito bem, Lu. Mas isso ainda não prova que Capitu não traiu. Pô, peraí, o cara flagrou o Escobar saindo da casa dele, de noite...

— Os dois casais eram amigos e sempre se visitavam. Machado diz isso. Viviam na casa um do outro. Pra tudo que Bentinho acusa Capitu, Machado dá uma explicação, que sai da própria boca de Bentinho. Agora, o tal adultério, de fato, nunca é visto.

Lu parou, para consultar suas anotações:

— Olha aqui, Barrão, eu procurei as pistas que Machado deixou sobre a inocência de Capitu. Bentinho escreve várias vezes que é ruim de memória, e que "conta mais com a imaginação". A toda hora ele duvida dos próprios sentimentos; ele usa o verbo "crer" em muitos capítulos... No capítulo LXII ele confessa que é exagerado, que aumenta as coisas, as sensações, os fatos. Diz que a vida é uma ópera, e coloca a ópera *Otelo* no livro, só que em *Otelo* a mulher é morta, mas no final se descobre que era inocente...

— Tá, Lu. Pode ser. Até acabei de pensar numa outra pista da inocência de Capitu — Barrão disse.

— Qual?

— Capitu tinha olhos de ressaca. Escobar entrou num mar de ressaca e morreu afogado, não foi?

— Foi, Barrão. E daí?

— Ele até tava a fim de transar com ela, mas nadou, nadou e morreu na praia.

— É. Acho que nessa nem o Machado pensou. Então você admite que Capitu não foi infiel!

— Ah, espera! Para! Todo mundo achava o filho do Bentinho a cara do Escobar! Quer mais prova da traição de Capitu do que ter um filho parecido com o amante?

— Machado embaralha isso também — Lu voltou às anotações. — A primeira pessoa a falar dessa semelhança foi Capitu! Se ela fosse culpada, não faria isso.

— É.

— Mas, tudo bem, vamos partir do princípio de que os dois eram parecidos. Me diz, por que é que ele ia fazer o personagem Gurgel, o pai da Sancha, vir com aquele papo de que a mulher dele, já morta, era muito parecida com Capitu? Isso tá no capítulo LXXXIII. E o Machado volta a falar nisso no capítulo CXL. Pode conferir se quiser. O Gurgel diz que essas semelhanças esquisitas acontecem. Machado não ia escrever isso à toa.

— Esse Machado é doido.

— E quer mais? Na época dele havia uma crença de que a mãe pode reproduzir no rosto do filho o rosto de alguém que a impressionou durante a gravidez. Essa crença se chamava "impregnação fisiológica". E era uma teoria adotada pelo naturalismo. Um escritor francês chamado Emile Zola, considerado o papa do naturalismo, escreveu um romance chamado *Madeleine Férat* com esse mesmo tema, o filho com feições de outro.

— Pô, você pesquisou mesmo...

— É isso aí.

— Espera. Tem uma parte em que todo mundo concorda que a filha de Escobar com Sancha também é parecida com Ezequiel... Eu lembro disso.

— É verdade. Mas, me diz, se a mãe de Sancha se parecia com Capitu, como disse Gurgel, e Bentinho concordou, por que é que sua neta não podia parecer com o filho de Capitu?

— Tá. Desisto.

— Concorda que Capitu não traiu?

— Quer saber, não concordo nem discordo. Na verdade, não tô entendendo mais nada. Nem do que aconteceu mesmo nesse diabo desse livro, nem na minha própria vida, Lu.

— Era isso que o Machado queria. Se é pra escrever um livro sobre o ciúme, e o ciúme é incerteza, é dúvida paranoica, tá aí um livro definitivo sobre o ciúme. A gente termina sem saber se Bentinho tinha razão ou não. Pra mim, não tinha.

— Bom, Lu, é a tua teoria. E teoria é que nem ônibus.

— Por quê?

— A gente só embarca naquela que vai pra onde a gente quer.

• 25 •

Existe alguém mais feio do que eu?

Eles haviam marcado encontro na segunda-feira, às onze horas da manhã, na escadaria da Biblioteca Nacional, em frente à praça Cinelândia, centro da cidade. Quando Barrão chegou, um pouco atrasado, Lu já estava sentada em um degrau, lendo um livro.

— Demorei, né? — ele se desculpou.

— Tudo bem.

— É que passei na escola, pra ver minha nota de Português. Cara, nem acredito. Tirei os nove e meio de que precisava! E passei também em História e Matemática! Passei de ano. Você não acredita... Eu sabia tudo! Foi a maior moleza! Valeu, Lu!

— Então as coisas tão se resolvendo pro teu lado, Barrão... Legal!

— Fiz uma coisa também, no sábado...

— O quê?

— Voltei ao *shopping*, fui até a livraria, pra falar com o cara que eu estrangulei.

— Pra quê?

— Pedi desculpas bem alto, pra todo mundo ouvir. Disse que eu era uma besta, um troglodita, mas que tinha conhecido uma garota legal que me abriu a cabeça no pior momento da minha vida. A gente deu um abraço apertado e ele me perdoou. É um cara maneiro.

— Bacana.

— Ele falou que só queria aquilo, um pedido de desculpas sincero, e vai retirar a queixa. Eu disse pra ele que pedia desculpas de verdade, não era pra aliviar a minha barra na justiça não.

— Legal.

— E também não era desculpa só por ter batido nele, não, que na verdade aquilo foi até covardia da minha parte. Eu pedi desculpa é por ter sido quem eu fui até agora... um babaca de um preconceituoso, um palhaço nazista fortão, com a cabeça raspada...

— Pode crer.

— Ele entendeu. Tudo o que falei pra ele foi verdade, Lu, mesmo!

— Eu sei. Acredito.

— Principalmente a parte da garota-cabeça que me mostrou um outro lado que eu não queria ver.

— Para com isso.

— Sério. Eu te encontrei na hora certa! Passei esse fim de semana pensando mil coisas. Vou deixar de ser estúpido. Vou ler mais. Parar de inchar os músculos. Malhar menos. Cara, se você soubesse como eu me senti horrível esses últimos dias.

— Não me agradece muito não, Barrão. Eu também tava muito mal, e te peguei pra Cristo.

— Eu merecia.

— É. Merecia.

— Vamos lá?

Ela balançou a cabeça, meio desanimada, e foram andando até o escritório do detetive Mendes.

* * *

Subiram o elevador encardido, caminharam pelo corredor cheio de portas misteriosas, até baterem na do detetive.

O escritório continuava com o cheiro de sardinha frita. Mendes os recebeu de terno escuro, com uma gravata muito berrante, e os mandou sentar. Foi para o outro lado da escrivaninha, retirou dois envelopes de papel pardo de uma das gavetas e os colocou sobre a mesa. Na frente dos envelopes estava escrito o nome dos respectivos namorados.

— Tá tudo aí — apontou o detetive. — Não vou dizer que foi moleza, pra não desvalorizar o serviço. Mas já tive casos mais complicados.

Constrangidos, os dois estenderam o dinheiro a ele, que guardou as notas no bolso sem contar.

Barrão e Lu pegaram cada qual seu envelope. Mendes pediu:

— Por favor, não abram aqui. Não gosto de ver essas coisas.

— Tá. Desculpe — disse Lu.

— Então falou — completou Barrão. — Valeu.

E já iam se levantando para ir embora, quando o detetive mostrou a palma da mão:

— Espera um pouco, fortão. Posso dizer uma coisa?

— Pode.

— Eu só queria que vocês olhassem pra minha cara. Já viram alguém mais feio?

Os dois não sabiam o que dizer. O homem era feio, mas também era enorme. Se fosse um maluco violento... Se eles dissessem que ele era feio, podia...

Mendes riu.

— Deixa que eu mesmo respondo. Eu tenho espelho. Sou feio pra caramba. Ah, e pobre. Mais duro que beirada de sino. Mas sabe o que aconteceu comigo? Há pouco tempo conheci uma mulher maravilhosa. A gente namorou. Agora tamos morando junto. Ela me ama.

— Legal... — Lu sorriu também, com medo.

— Ela me ama — o detetive repetiu. — Vocês tão entendendo? Um sujeito feio como eu, pobre, que até fedia, encontrou uma mulher capaz de o amar. Agora eu pergunto: vocês acham que eu posso ter ciúme dela? Não posso. Até eu, se fosse casado com um sujeito tão feio, me trairia. No começo, desconfiei que tinha alguma coisa errada. Ela não podia gostar de mim. Nenhuma mulher podia gostar de mim. Aí fiquei com um ciúme danado dela. Até que cheguei à conclusão de que tava sendo um idiota. A gente sabe quando gosta de uma pessoa, e quando essa pessoa gosta da gente. É simples assim. Eu sinto que ela gosta de mim, e parei de ter ciúme. Tô feliz pra caramba.

Barrão e Lu ficaram calados, cada um com seu envelope na mão.

— Antes de vocês irem embora — Mendes continuou —, quero só contar uma história. É um conto árabe. Prestem atenção.

Ele esticou o corpo gordo para trás e cruzou os braços:

— Era uma vez um rico mercador que precisou fazer uma longa viagem pelo deserto, e deixou sua esposa linda e jovem em seu castelo. Quando voltou, um ano depois, um de seus empregados o esperou na estrada, e contou que sua esposa o traía com um viajante há alguns meses, e que o homem costumava se esconder no quarto dela durante o dia, dentro de um enorme baú. O rico mercador entrou no castelo, e foi logo ao quarto da esposa. Ele a encontrou sentada sobre o baú. Quando mandou que ela se levantasse, para ver se o seu amante estava lá dentro, ela ficou furiosa e perguntou a ele se acreditava mais num empregado ou na honestidade dela. Ela falou isso com tanta dignidade na voz que o mercador ficou confuso, mesmo porque ele sabia que aquele empregado em especial era um sujeito muito intrigante. Ela disse que, se ele a obrigasse a abrir aquele baú, estaria desconfiando dela, e não poderiam mais ficar casados. Ele a amava.

Mendes parou de contar a história, e ficou estalando os dedos da mão. Barrão, ansioso, perguntou:

— O que ele fez?

Mendes sorriu:

— Mandou enterrar o baú. Sem abrir.

· 26 ·
De cabeça para baixo

Barrão e Lu atravessaram a praça Cinelândia, cada um com seu envelope, sem se decidir onde sentar para abri-los.

Pensaram em ir a um bar, depois em voltar aos degraus da Biblioteca Nacional, ou então cada um ir para sua casa e...

— Espera — propôs Barrão. — A gente pode andar um pouco até ali, no Museu de Arte Moderna.

Lu concordou.

Havia um jardim bonito por lá, com grama, flores e palmeiras. Os dois se sentaram na amurada que dava para as águas da baía de Guanabara.

Os envelopes pareciam ficar cada vez mais pesados.

— É estranho — Lu afinal falou. — A verdade tá aqui dentro desse envelope, e eu não consigo abrir.

— Pois é. A gente queria tanto ter certeza.

— Alguma coisa mudou, cara.

— Se fosse há uns dias eu já teria estraçalhado esse envelope e lido o que tem aqui dentro umas vinte vezes.

— Eu também. Mas por que a gente não faz isso agora?

— Sei lá, Lu.

Ficaram olhando os barcos, as gaivotas, balançando os envelopes nas mãos.

— O que a gente fez foi uma coisa muito feia — Lu falou.
— É sim. Mas agora já tá feito.
Ela olhou para ele, séria:
— Não, Barrão. Ainda dá tempo de consertar.
— Como assim?
— Você entendeu a história do mercador árabe? — ela riu.
E rasgou seu envelope em vários pedaços, sem abrir.
Barrão fez o mesmo.
Depois jogaram tudo no lixo e sentaram sobre a grama, embaixo de uma palmeira.
— Cara, tô sentindo um alívio — Barrão estufou o peito.
— E eu... — Lu se deitou, e colocou a cabeça no colo dele.
Um sabiá pousou na palmeira e cantou. Um pombo perseguia uma pomba sobre o caminho de lajes. Um vendedor de sorvete dormia sentado na caixa de isopor.
Barrão olhou para baixo, viu o rosto invertido de Lu, e disse:
— Foi assim que Bentinho viu Capitu antes de dar o primeiro beijo nela.
— É. Ela era o contrário dele.
Lu fechou os olhos.
Barrão inclinou o corpo e eles se beijaram.

• 27 •
Epílogo

Uma semana depois, Barrão encontrou com Paulão na rua, e perguntou:
— E aí, Minotauro? Então tu tá estudando flauta?
— Como é que tu sabe, *brother*?
— Te vi no pátio da escola.
— Cara, tô sim. Não te falei porque fiquei com vergonha. Não conta pra galera que eu tô estudando música não, tá ligado? Nego vai achar que eu sou boiola.
Barrão não resistiu:
— E a Pâmela? Ela não tá na mesma turma que você?
— É. Tá.
— Te vi outro dia saindo do prédio dela.
— Tava na casa do Sérgio, da academia. Ele também mora lá, não lembra?
Barrão havia se esquecido do Sérgio. Despediu-se do Minotauro muito confuso. Então havia uma explicação... Então talvez Pâmela não... Ou Paulão estava mentindo?
À noite, telefonou para Pipa:
— E aí, cara, beleza?
— Barrão? Beleza!

— Vou te fazer uma pergunta estranha, mas me fala uma coisa... Um dia eu te ouvi dizendo que a Pâmela era uma "tremenda Capitu..."

Ele achou que Pipa ia ficar assustado com a pergunta, mas se espantou. O amigo falou abertamente:

— É, cara! A gente tava lendo aquele livro do Machado de Assis pra prova.

— E por que ela era uma tremenda Capitu?

— Lembra daquela parte em que o cara diz que Capitu tinha olhos de ressaca?

— Sei.

— Então! Naquela segunda-feira a Pâmela chegou com os olhos muito vermelhos, empapuçados, com umas olheiras...

Era verdade. Ele e Pâmela haviam saído de uma festa, domingo, às quatro da manhã. Uma ressaca braba.

Barrão, do outro lado da linha, esfregou a cabeça e disse:

— Pipa, o cara não quis dizer ressaca de... Era ressaca de mar!

— É?

— É, sua besta! — e desligou.

Teve vontade de voltar aos jardins do Museu de Arte Moderna, procurar os pedaços rasgados do seu envelope e reconstituir a verdade, como um quebra-cabeças... Mas era tarde demais. Nunca ia saber... Como no livro de Machado de Assis.

Mas já não importava.

Lu.

Outros olhares sobre Dom Casmurro

Tendo seguido de perto as peripécias de Lu e Barrão — às voltas com o ciúme de Bentinho e os segredos de Capitu —, aprenda um pouco mais sobre Machado de Assis, autor de Dom Casmurro, e conheça outras obras inspiradas nesse romance.

Vida e dependência

Não era fácil a vida dos pobres no Brasil do século XIX, em que nasceu e cresceu Joaquim Maria Machado de Assis (1839-1908). Com consequências que perduram até hoje, a sociedade escravista do tempo criava dificuldades enormes para as pessoas de poucos recursos, como os pais de Machado de Assis. O pai, Francisco José de Assis, era um operário mulato, neto de escravos, e a mãe, Maria Leopoldina Machado de Assis, uma lavadeira portuguesa dos Açores. Mesmo tendo suas ocupações, eles dependiam de uma família poderosa para sobreviver. Viviam sob a proteção da proprietária da chácara em que moravam: uma mulher rica e ilustre, casada com um senador e ministro do Império, e que viria a ser a madrinha do futuro escritor.

É importante ressaltar que, nessa época, no Brasil, pessoas na situação dos pais de Machado de Assis não eram exatamente o que hoje chamamos de proletários, indivíduos de baixa renda que subsistem graças à remuneração obtida com sua força de trabalho. Vivendo como agregados, sua posição social era definida mais pela ligação com a família de que eram dependentes do que pela ocupação profissional.

Essa era uma situação muito comum na época, pois a sociedade brasileira se dividia, esquematicamente, em três grandes setores: no alto, situava-se a pequena camada de proprietários e poderosos; embaixo ficava a base produtiva, composta de escravos; e no meio havia uma camada de homens e mulheres livres, que, por não possuírem propriedade, não dispunham de meios para sobreviver por conta própria.

Como praticamente todo o trabalho ficava a cargo dos escravos, havia pouco espaço para o desenvolvimento do trabalho livre. Nessas circunstâncias, as pessoas da camada intermediária dificilmente conseguiam obter um salário suficiente para viver e, por isso, dependiam do favor de alguma família de proprietários para adquirir os bens necessários ao sustento.

Em contrapartida, o protetor exigia a obediência e a subordinação do dependente. Mesmo quando a dependência material era pequena, os proprietários exerciam influência no modo como os outros conduziam suas vidas. Assim, eram muito reduzidas as possibilidades de os homens livres pobres viverem de modo autônomo.

Diante daqueles que tentavam alcançar alguma independência, desembaraçando-se das amarras do favor, os proprietários, muito frequentemente, torciam o nariz. Assim, quem não se submetia à vontade dos poderosos encontrava dificuldades sempre renovadas — é o caso da personagem Capitu, que ousa afrontar esse estado de coisas para melhorar de vida, e acaba sendo tachada de atrevida e dissimulada.

Foi numa sociedade regida principalmente por relações de favor e dependência que Machado de Assis cresceu, observando atentamente o modo como se comportavam as pessoas de diferentes classes sociais nos relacionamentos que estabeleciam entre si.

No entanto, embora vivendo em condições humildes, Machado educou-se de acordo com os padrões da cultura de elite — o que não era tão comum entre mulatos no Brasil do século XIX

— e adquiriu vastos conhecimentos que constituiriam um dos ingredientes de sua literatura.

Machado de Assis começou a publicar na imprensa ainda muito jovem, ao mesmo tempo que trabalhava como tipógrafo e revisor, tornando-se, mais tarde, jornalista. Buscando maior segurança financeira, com vinte e sete anos ingressou na carreira burocrática, em que chegou a tornar-se alto funcionário, trabalhando no Ministério da Agricultura até a morte.

Machado atingiu notoriedade e respeitabilidade por meio da literatura, que praticou em quase todas as modalidades do tempo: escreveu versos, crônicas, peças teatrais, fez traduções e destacou-se com seus contos e romances. Foi o primeiro presidente da Academia Brasileira de Letras, fundada em 1897, com mandato vitalício.

Ciúme e sociedade

Dom Casmurro, romance publicado em 1899, é provavelmente a obra mais popular de Machado de Assis, e Capitu, protagonista da história, a mais conhecida de suas criações.

É possível, mas talvez insuficiente, dizer que Machado estava interessado em retratar o ciúme como sentimento humano geral, comum a todos os homens de todas as épocas. Sem dúvida, *Dom Casmurro* elabora literariamente o tema do ciúme, mas esse sentimento não é mostrado ali apenas como algo atemporal, inerente à humanidade; pelo contrário, no romance de Machado o ciúme aparece em condições específicas de organização familiar e social. Mesmo sendo um sentimento comum, que pode ser encontrado em diferentes lugares e diversas épocas, suas manifestações e suas consequências são marcadas historicamente. Nesse sentido, o ciúme (doentio) de Bento Santiago

O jovem Machado de Assis, em fotografia de Álvaro Pacheco.

está enraizado nas condições sociais do Brasil da segunda metade do século XIX.

A tendência atual da crítica tem sido a de evitar qualquer discussão nos termos do "traiu ou não traiu". Grande parte dos estudiosos (inclusive de linhas divergentes) prefere adotar um ponto de vista mais equilibrado, segundo o qual não importa muito que a crença de Bento seja falsa ou verdadeira. A existência ou não de adultério não faz grande diferença, pois em ambos os casos a consequência é exatamente a mesma: atormentado por um ciúme obsessivo, Bento separa-se da mulher e do filho, mandando-os para o exílio, e termina a vida solitário e amargurado, escorando-se em sua posição (socioeconômica) para justificar seus atos e sua decisão arbitrária.

Bento, narrador do romance, apresenta a sua versão da história, filtrando os acontecimentos do passado e interpretando-os da maneira que lhe convém. Ele quer nos convencer de que foram as dificuldades da vida que o tornaram amargo e casmurro, descrevendo com detalhes os episódios que, em sua visão, mostram como o destino o traiu, pregando-lhe uma peça.

Ao mesmo tempo, ele pouco diz de como se vinga da mulher que não conseguiu dominar, organizando uma história em que todas as culpas são de Capitu e a ele resta somente o papel de vítima... Por obra do discurso eloquente de Bento, Capitu acaba condenada, e é nesse movimento acusatório do narrador, dramatizado na linguagem de Bento, que está o xis do problema envolvendo *Dom Casmurro*.

Traição e fidelidade

Desde que se impôs a visão crítica que deixa o problema da

Orson Welles e Suzanne Cloutier em *A Tragédia de Otelo*, filme de 1952.

(in)fidelidade de Capitu em segundo plano, algumas vozes discordantes se manifestaram. Uma delas foi a do escritor e jornalista mineiro Otto Lara Resende, para quem Capitu traiu Bentinho, como tenta comprovar em duas crônicas incluídas no volume *Bom dia para nascer* (Companhia das Letras, 1993). Aderindo à visão do narrador, Otto Lara Resende lista passagens do romance em que acredita encontrar provas da infidelidade da personagem.

Também o contista paranaense Dalton Trevisan inclui-se entre os que acreditam na traição de Capitu. Em um artigo chamado "Capitu sem enigma", publicado no livro *Dinorá* (Record, 1994), ele busca apresentar evidências do adultério da personagem, alegando que a intenção de Machado teria sido a de insinuar a traição de Capitu.

Alguns anos mais tarde, Dalton Trevisan voltaria a tocar na controvérsia sobre a suposta infidelidade da personagem machadiana, no conto "Capitu sou eu", publicado em livro homônimo (Record, 2003). Mas ali a menção a Capitu é apenas um assunto secundário, introduzindo a história, que narra a relação amorosa de uma professora universitária com um aluno, o único a defender a infidelidade da personagem Capitu.

Já o escritor mineiro Fernando Sabino teve a ideia de recontar a história de Bento e Capitu em terceira pessoa. Intitulada *Amor de Capitu* e publicada pela editora Ática em 1998, a recriação literária apresenta-se como uma "leitura fiel do romance de Machado de Assis sem o narrador Dom Casmurro". A intenção declarada do escritor é "eliminar o narrador Dom Casmurro como intermediário entre os fatos por ele vividos e o público-leitor".

Como o autor mesmo explica, o método que escolheu para fazer sua recriação foi o de

O escritor paranaense Dalton Trevisan e a incriminação de Capitu.

"centralizar o relato no testemunho de apenas um deles", ou seja, embora em terceira pessoa, a narração é feita "a partir do mesmo ângulo do narrador original". Mas, se tudo continua a ser relatado através da perspectiva do narrador original, será que o intermediário é realmente eliminado?

Desaparecem apenas as marcas mais ostensivas da parcialidade subjetiva do relato, como a primeira pessoa, que encaminha a narração de *Dom Casmurro*, mas não a parcialidade ela mesma. O uso do discurso indireto livre, em que a voz do narrador confunde-se com a de Bentinho, faz com que a perspectiva continue a ser a do marido ciumento.

Além disso, como essa perspectiva passa a ser apresentada por um narrador externo (terceira pessoa), a interpretação que Bento faz dos acontecimentos ganha ar de objetividade. Assim, enquanto em *Dom Casmurro* tudo podia ser entendido como deformação provocada pelo ciúme obsessivo, na recriação de Sabino o adultério de Capitu aparece como um fato incontestável.

Com uma ideia semelhante, mas orientado por uma interpretação divergente, Domício Proença Filho, escritor carioca, procurou reescrever o romance de Machado do ponto de vista de Capitu, com o propósito de inocentá-la. Inusitadamente, a obra, intitulada *Capitu: memórias póstumas*, publicada pela editora Artium em 1998 e reeditada pela editora Record, é uma narrativa de além-túmulo. À maneira de Brás Cubas, personagem de outro romance de Machado de Assis, Capitu conta sua história depois da própria morte e depois de ter lido o relato escrito por seu marido.

A recriação de Domício Proença procura realmente apresentar uma perspectiva diferente so-

Fernando Sabino (1923-2004): desejo de um narrador confiável para a história de Capitu e Bentinho.

bre a história. Dando a palavra a Capitu, o escritor permite que ela se defenda das suspeitas de Bentinho, desmascarando o propósito acusatório do marido.

Contudo, como a narrativa é muito colada ao texto original, muitas vezes o que temos não é a narradora Capitu dando sua versão sobre os acontecimentos, mas fazendo comentários analíticos sobre o relato escrito por Bento Santiago.

Além disso, a Capitu criada por Domício Proença mostra-se exageradamente intelectualizada (um pouco como se ela tivesse lido toda a produção crítica a respeito de *Dom Casmurro*). Ao mesmo tempo, ela tem rompantes de indignação contra as atitudes patriarcais de Bentinho. Aí talvez esteja a dimensão mais interessante de *Capitu: memórias póstumas*, pois ajuda a perceber com mais clareza a gesticulação condenatória do discurso de Bento na obra original. Nisso, há convergência com um aspecto da obra de Machado, mostrando que tudo depende do ponto de vista.

Imagens de Capitu

É compreensível que a personagem criada por Machado de Assis, com seus olhos de ressaca, tenha falado à imaginação dos leitores e de outros artistas. Por isso mesmo, dar um rosto para Capitu torna-se uma dificuldade para aqueles que trabalham com imagens.

Uma tentativa de transpor *Dom Casmurro* para o cinema, e de dar um rosto para a personagem mais famosa de Machado, ocorreu com o filme *Capitu*, dirigido em 1968 por Paulo César Saraceni. O elenco contava com os atores Isabela Cerqueira (então casada com Saraceni), Othon Bastos, Raul Cortez e Marília Carneiro.

O roteiro, de autoria da escritora Lygia Fagundes Telles e do crítico de cinema Paulo Emílio Salles Gomes, publicado em 1993 pela editora Siciliano, revela a preocupação dos roteiristas em recriar a obra sem trair o original. O enredo procura condensar a história original, seguindo de perto a ação e a ambientação do romance de Machado.

No entanto, como o cinema em parte exige a objetivação das cenas, a versão cinematográfica altera de maneira profunda o efeito causado no leitor/espectador. A apresentação mais objetiva dos acontecimentos faz Bentinho perder as feições próprias que estão, por assim dizer, dramatizadas na linguagem, no tom e na "gesticulação" do narrador do romance. Encontrar meios de transmitir os traços sociais de Bento Santiago é, talvez, a principal dificuldade de adaptar o romance de Machado para a linguagem cinematográfica.

Essa perda da dimensão social se torna mais flagrante nas tentativas de transpor o enredo, originalmente ambientado no Brasil do Segundo Reinado, para o tempo atual. É o que ocorre no filme *Dom*, escrito e dirigido por Moacyr Góes.

Lançado em 2003, o filme traz no elenco os atores Marcos Palmeira, Maria Fernanda Cândido e Bruno Garcia. Trata-se de uma adaptação livre do romance, com ambientação contemporânea, envolvendo três personagens de classe média. A história mostra uma inspiração longínqua em *Dom Casmurro*, romance a que se faz referência direta dentro do filme, girando em torno do triângulo amoroso e do ciúme obsessivo do personagem principal, cujo nome, Bento, lhe foi dado em homenagem à obra de Machado de Assis.

Com pouca exploração expressiva da linguagem (tanto a linguagem verbal quanto a cinematográfica), o filme é pontuado por diálogos espantosamente banais e é impregnado por uma estética de telenovela pouco criativa, limitando-se a apresentar o ciúme como um sentimento humano atemporal, historicamente descomprometido.

O interesse, contudo, está na ironia que o filme tenta construir: tendo recebido o nome Bento, o personagem também "herda" o destino do homem obsessivo que, casando-se com uma mulher cuja vida não pode controlar, deseja sua morte. O enquadramento moralista impede de qualquer identificação com as ambivalências do romance e torna esse casmurro um homem

A atriz Isabela Cerqueira, no filme *Capitu* (1968), de Paulo César Saraceni.

arrependido, que termina acolhendo o filho, desamparado após a morte da mãe.

Se é difícil criar a imagem de um rosto capaz de transmitir o fascínio de Capitu, a personagem de *Dom Casmurro* consegue inspirar outras áreas artísticas, como a música, que favorece a sugestão e a sutileza, apelando para a imaginação do ouvinte.

Luiz Tatit, cancionista e professor de Linguística, é autor de "Capitu", que se encontra no CD *O Meio*, lançado em 2000. A canção havia sido registrada primeiramente na voz da cantora Ná Ozzetti, em seu álbum *Estopim*, de 1999. Mais recentemente, foi regravada por Zélia Duncan no CD *Eu me transformo em outras*, lançado em 2004.

Vejamos, a seguir, a letra que Tatit escreveu para a canção, dando um ar contemporâneo para a personagem machadiana. Aqui temos um Bento moderno, cujo discurso ameno se diferencia do tom acusatório do Bento original.

Apresentando uma Capitu que se mostra e se insinua por meio da internet, a letra da canção associa os encantos da personagem aos efeitos hipnóticos dos meios de comunicação de massa. O perfil da nova Capitu se compõe a partir de imagens tra-

Imagem do filme *Dom* (2003), de Moacyr Góes — adaptação livre e empobrecedora do romance de Machado.

dicionais que remetem à astúcia (raposa) e à sedução (sereia), e imagens modernas da tecnologia digital. Dessa maneira, os versos fazem convergir a antiga mitologia com a novíssima mitologia da mídia e seu mundo virtual.

Ao mesmo tempo, o que ganha saliência aqui são as dificuldades do Eu diante do objeto do desejo. Capitu aparece como uma mulher ambivalente, e as imagens que se enfileiram ao longo da canção tentam dar conta daquilo que o Eu, enamorado, não consegue abarcar ou dominar por completo. Inapreensível, a fonte do encanto e da sedução é algo que sempre parece escapar ao sujeito, mas o discurso do

Luiz Tatit e uma nova Capitu, sereia nas ondas da internet.

Eu, dando vida a essa Capitu moderna, domina artisticamente aquilo que não se pode dominar.

Capitu

(...)

Raposa e sereia da terra e do mar
Na tela e no ar
Você é virtualmente amada amante
Você real é ainda mais tocante
Não há quem não se encante
(...)
Capitu
A ressaca dos mares
A sereia do sul
Captando os olhares
Nosso totem tabu
A mulher em milhares
Capitu
No site o seu poder provoca o ócio,
[o ócio
Um passo para o vício, o vício

É só navegar, é só te seguir,
[e então naufragar
(...)

Como as várias tentativas de adaptar ou de reinventar a história de *Dom Casmurro* parecem confirmar, o romance de Machado de Assis abre-se a diferentes leituras e ainda suscita muitos debates, continuando a ter interesse para o tempo atual. A personagem Capitu é uma das razões pelas quais vale a pena ler *Dom Casmurro*: a coragem, a conduta racional e o desejo de independência são qualidades que podem inspirar os jovens de hoje.

A cantora Zélia Duncan, intérprete da canção "Capitu".

Edu Teruki Otsuka

Doutorando na área de Literatura Brasileira pela FFLCH-USP, autor de Marcas da catástrofe: experiência urbana e indústria cultural em Rubem Fonseca, João Gilberto Noll e Chico Buarque *(São Paulo: Nankin, 2001).*

DESCOBRINDO OS CLÁSSICOS

ALUÍSIO AZEVEDO
O CORTIÇO
Dez dias de cortiço, de Ivan Jaf
O MULATO
Longe dos olhos, de Ivan Jaf

CASTRO ALVES
POESIAS
O amigo de Castro Alves, de Moacyr Scliar

EÇA DE QUEIRÓS
O CRIME DO PADRE AMARO
Memórias de um jovem padre, de Álvaro Cardoso Gomes
A CIDADE E AS SERRAS
No alto da serra, de Álvaro Cardoso Gomes
O PRIMO BASÍLIO
A prima de um amigo meu, de Álvaro Cardoso Gomes

EUCLIDES DA CUNHA
OS SERTÕES
O sertão vai virar mar, de Moacyr Scliar

GIL VICENTE
AUTO DA BARCA DO INFERNO
Auto do busão do inferno, de Álvaro Cardoso Gomes

JOAQUIM MANUEL DE MACEDO
A MORENINHA
A Moreninha 2: a missão, de Ivan Jaf

JOSÉ DE ALENCAR
O GUARANI
Câmera na mão, O Guarani no coração, de Moacyr Scliar

SENHORA
Corações partidos, de Luiz Antonio Aguiar

IRACEMA
Iracema em cena, de Walcyr Carrasco

LUCÍOLA
Uma garota bonita, de Luiz Antonio Aguiar

LIMA BARRETO
TRISTE FIM DE POLICARPO QUARESMA
Ataque do Comando P. Q., de Moacyr Scliar

LUÍS DE CAMÕES
OS LUSÍADAS
Por mares há muito navegados, de Álvaro Cardoso Gomes

MACHADO DE ASSIS
RESSURREIÇÃO/A MÃO E A LUVA/HELENA/IAIÁ GARCIA
Amor? Tô fora!, de Luiz Antonio Aguiar

O ALIENISTA
O mistério da Casa Verde, de Moacyr Scliar

CONTOS
O mundo é dos canários, de Luiz Antonio Aguiar

ESAÚ E JACÓ E MEMORIAL DE AIRES
O tempo que se perde, de Luiz Antonio Aguiar

MEMÓRIAS PÓSTUMAS DE BRÁS CUBAS
O voo do hipopótamo, de Luiz Antonio Aguiar

MANUEL ANTÔNIO DE ALMEIDA
MEMÓRIAS DE UM SARGENTO DE MILÍCIAS
Era no tempo do rei, de Luiz Antonio Aguiar

RAUL POMPEIA
O ATENEU
Onde fica o Ateneu?, de Ivan Jaf